江戸味わい帖

料理人篇

江戸料理研究会 編

時代小説文庫

角川春樹事務所

目次

江戸味わい帖

料理人篇

金太郎蕎麦

池波正太郎

池波正太郎　いけなみ・しょうたろう

一九二三年、東京浅草生まれ。下谷西町小学校を卒業後、茅場町の株式仲買店に勤める。戦後、東京都の職員として下谷区役所等に勤務しながら新聞社の懸賞戯曲に応募し、入選を機に劇作家へ転向。長谷川伸門下に入り、新国劇の脚本等を手掛ける。六〇年、「錯乱」で第四十三回直木賞を受賞。「鬼平犯科帳」「剣客商売」「仕掛人・藤枝梅安」の三大シリーズをはじめとする作品群で、絶大な人気を得る。また、食や映画、旅に関する著作も多数。吉川英治文学賞、大谷竹次郎賞、菊池寛賞などを受賞。一九九〇年五月三日没。

一

その男の躰《からだ》は、何本もの筋金《すじがね》をはめこんだようにかたく、ひきしまっていた。見たところは四十がらみだが、胸のあたりの肉づきもがっしりともりあがり、それだけに遊びかたもしつっこくて、お竹もしまいには悲鳴をあげてしまった。

「ごめんよ、ごめんよ、ねえちゃん。そのかわり、今度は私がお前さんに御奉公だ」

男は、あぶらぎったふとい鼻を小指でかいてから、もじゃもじゃ眉毛をよせ、

「さ、うつ伏せにおなり」

やさしくいった。

「どうなさるんです、旦那《だんな》……」

「ま、いいから、うつ伏せにおなりというに……」

「あい……」

と答えはしたものの、この上にもてあそばれてはとてもたまらないと、お竹は思った。

(でも、仕方がない。この旦那は、私に一両もはずんで下すったんだもの)

観念をして、お竹はふとんの上にうつ伏せになった。

顔のほうは、目も斜視《すがめ》だし鼻すじもいびつだし、誰が見ても美人だとはいえないが、躰

だけは、お竹自身が自慢のものであった。

越後《えちご》うまれのお竹の肌はぬけるように白くて、男の肌をこちらの肌にとかしこんでしまうほど肌理《きめ》がこまかい。

十九歳の若さが躰のどこにも充実していた。

「ほめるわけじゃないが、お前さん、その肌だけは大切におしよ」

男は、お竹の背中から腰へ長じゅばんをかけてやりながら、そういった。

と思うまもなく、男の手が、お竹の腰を押えた。

「あ……ああ……」

思わず、お竹は嘆声をもらした。

「いい心もちだろう。さ、ゆっくりとお眠りよ。私はこう見えても、あんまがうまい。さんざたのしませてくれたお礼に、すっかりもみほごしてあげるからね」

男の指は、たくみに動きまわった。

障子の外は明るかった。

晩春の陽射《ひざ》しが部屋の中の空気を、とろりとゆるませている。

ここは、下谷《したや》池《いけ》ノ端仲町《はたなかちょう》にある〔すずき〕という水茶屋だ。女主人のおろくというのは六十にもなるのに茶屋商売兼業で金貸しをやり、そのほかにも手をひろげ、金もうけになることならなんでもやろうという婆《ばあ》さんなのだ。

客をとる女に、そっと場所を提供するのも、なんでもやろうのうちの一つに入っているわけであった。

享和《きようわ》三（一八〇三）年のそのころ、江戸市中には公娼《こうしよう》のほかに、種々雑多な私娼が諸方にむらがり、奉行所の手にあまるほどの盛況をしめしていた。女あそびをするのなら公認を得ている新吉原《しんよしわら》をはじめ、いくつかの廓《くるわ》へ行けばよいのだが、もっと安直に遊ぼうというためには、私娼のいる岡場所へ出かけて行かねばならない。

そのほかに、お竹のような女が客をとる仕組みもあった。

つまり、客商売で肌を荒らしてはいない素人《しろうと》女が、生計のために、ときたま客をとる。客もまたこれをよろこぶのである。したがって金もかかるが、客は、水仕事に荒れた手をしているくせに肌身は新鮮な女にひかれて後を絶たない。

私娼に対する奉行所の監視はきびしいものだし、捕まったら最後ただではすまない。しかし、誰にも知られず気のむいたときに出て行って、客をとる自由さが、それを必要とする女たちにはなによりのことで、病気の亭主をかかえた女房が、昼間にそっと春を売ることもあった。

お竹は、浅草阿部川町《あさくさあべかわまち》の飯屋〔ふきぬけや〕の主人の世話で、客をとるようになった。〔ふきぬけや〕と〔すずき〕の婆さんとは密接な連絡がたもたれていて、お竹は飯屋の主人の呼び出しをうけ、気がむいたなら、そっと仲町の水茶屋へ出かけて客を待つという仕組みなのである。

お竹が客をとるようになったのは、去年の十二月からであった。

ふだんは、手伝いのかたちで〔ふきぬけや〕の女中をしているのである。飯屋の女中でも生きて行けないことはないのだが、お竹には別にのぞみがあった。

人なみに嫁入りをするということなどは、すでにあきらめてしまっているお竹だ。

それには、あきらめざるをえないような事がらが彼女の身の上に起きたからである。

それにしても、こんな客は、はじめてであった。

武州《ぶしゅう》・川越《かわごえ》の大きな商家の旦那で、ときどき江戸へ出てくるのだというが、昼遊びで二分というきまりを一両も出し、遊んだあとで女をあんましようという変った旦那なのである。

「若いうちはいいなあ。どうだい、躰中のどこもかしこも、こりこりしているじゃないか」

川越の旦那は、そんなことをつぶやきながら、あきることなくあんまをつづけるのだ。

「もう、けっこうです。それじゃ、あたしが困ります」

お竹がたまりかねて起きあがろうとすると、

「いいさ。こんなに見事な躰をもませてもらうのもこれが最後かもしれない」

「え……？」

「なに、こっちのことだよ」

「もう来ては下さらないんですか？」

いい客だと思うから、お竹も精いっぱいの愛嬌《あいきょう》を見せてきくと、

「たぶんねえ」

川越の旦那は、ためいきをついて、

「どうも商売が急に忙しくなりそうなので、しばらくは江戸へも来られないよ」という。

もまれているうちに、お竹は睡《ねむ》くなった。

肩から首すじへ、そして腰へと、旦那の指にもみほぐされると、あんまなどに一度もかかったことのないお竹の若い躰もくたくたにこころよくなり、ついつい眠りこんでしまったのだ。

はっと目がさめた。

川越の旦那はいなかった。

夕暮れの気配が、灰色に沈んだ障子の色に、はっきりと見てとれる。

「あら……」

あわてて躰を起しかけ、お竹は「あっ」といった。

はちきれそうな乳房の谷間へ手ぬぐいに包んだ小判が差しこまれていたのである。

二十両あった。

川越の旦那がくれたものに違いないと、お竹は思った。小判を包んだ手ぬぐいに見おぼえがあったからである。

「まあ……」

そのとき、お竹は身ぶるいをした。

（これで、私も、商売ができる……）

水茶屋を出るとき、〔すずき〕の婆さんはお竹の取り分として一両のうち二分しかよこさなかったが、お竹にとって、そんなことは、もう問題ではなかったといえよう。

二

お竹は、越後の津川《つがわ》にうまれた。

うまれたとき、すでに父親は死んでいたという不幸な生いたちである。母親は津川の実家へもどって来てお竹をうんだのだ。

津川は、新潟と会津《あいづ》若松《わかまつ》の中間にあって往来交易のさかんな宿駅《しゅくえき》だが、お竹の母親の実家は小さな商人であった。

お竹が六歳の夏に母親が病死をすると、子だくさんの伯父《おじ》夫婦はお竹を邪魔にしはじめた。

江戸からやって来る旅商人の口ぞえで、お竹が江戸へ連れて行かれ、本所元町《ほんじょもとまち》の醤油酢《しょうゆす》問屋・金屋伊右衛門方へ下女奉公に出たのは彼女が九歳の春であったという。

主人の伊右衛門は養子で、帳場でそろばんをはじくよりも書画や雑俳《ざっぱい》に凝るといった人がらだものだから、商売は一手に女房のおこうが切りまわしていた。

よいあんばいに、お竹は、この男まさりのお上《かみ》さんから可愛がられ、

「行先のことを心配おしでない。私がいいようにしてあげるからね」

と、おこうはお竹を手もとにおいて使ってくれ、ひまがあれば手習いや針仕事、そろばんのあつかい方までおぼえるように、念を入れてくれたものだ。

（こんなに、私はしあわせでいいのかしら……）

越後の伯父の家での陰々《いんいん》とした幼女のころの暮しを思うにつけ、お竹は今の自分が享受しているものを、むしろ、そらおそろしく思った。

十四か五の彼女が、行手の不幸をおぼろげながらにも感じていたのは、やはりうまれ落ちたときからの苦労が身にしみついていたからであろう。

（このままではなんだかすまないような気がする。このまま、私が、しあわせになって行けるほど世の中はうまくできちゃあいない……）

そのとおりになった。

寛政《かんせい》十（一七九八）年の夏のさかりに、お上さんのおこうが急死をしてしまったのである。

いまでいう脳溢血《のういっけつ》であったようだ。

お竹は、このとき十四歳であった。

以後、金屋の商売は、まったくふるわなくなった。

お上さんでもっていた店であるだけに、おとろえ方も早く、主人の伊右衛門は女房に死なれて、ただもう、おろおろと何事にも番頭まかせにしておいたものだから、店を閉めなくてはならぬようになるまで一年とはかからなかった。

伊右衛門は、一人息子の伊太郎と下女のお竹と老僕の善助をつれ、深川亀嶋町《ふかがわかめしまちょう》の裏長屋へ引き移ることになった。

半年もして、本所の店が商売をはじめたと思ったら、なんと大番頭の久五郎が主人におさまっているのだ。

くやしがったが、どうにもならない。久五郎は、法的にも遺漏のないように店を乗っ取ったのである。

とにかく、なんとかしなくてはならない。

伊右衛門は五十にもならないくせに愚痴ばかりこぼしていて、朝からふとんをかぶり、夜もかぶりつづけているといった工合《ぐあい》だから、十五になる伊太郎にのぞみをかけ、老僕の善助とお竹が働くことになった。

二人は、子供のおもちゃにする巻藁《まきわら》人形を売って歩きはじめた。雨がふらぬかぎりは諸方の盛り場や縁日をまわって、はじめのうちは五十文そこその売りあげであったが、そのうちに二人あわせて日に四、五百文のもうけを得ることができたのである。

三年たった。

お竹は十七歳、伊太郎は十八歳である。

伊太郎は、父親の伊右衛門が病死をした十六の春から堀留町《ほりどめちょう》の醤油酢問屋・横田屋五郎吉方で働いていた。

横田屋は同業の関係もあり、かねてから金屋の零落ぶりに同情をよせていたものである。

伊太郎は亡母ゆずりの才気と愛嬌があって、これを横田屋の主人に見こまれた。

「どうだね、伊太郎。お前もいずれは一本立ちになるつもりなのだろうが……いっそのこと、酒屋をやってみないか。ちょうどいい売り据えの店があるのだがね」

と、横田屋五郎吉がいったのは享和二年二月のことであった。

その酒屋の売り店は横田屋のすぐ近くで、売り値は三十両だという。

「とんでもございません。私も十五のときから世の中へ放り出されまして、一時《いっとき》は子供のおもちゃを売り流して稼いだものです。そのとき、ためました金が十両ほどございますが、それでは、とても、とても……」

と、伊太郎は首をふってみせた。

横田屋は、伊太郎がもってきて見せた十両余の金を見て、いよいよ感服したものだ。

「えらいものだ。お前は亡くなったおっ母《か》さんそっくりだよ。それにしても、子供のときから、しがない商いをして、よくこれだけのものをためたものじゃないか」

「へえ……おそれいります」

うつむいて、伊太郎は、そっと指で目がしらを押えたものだ。

十九の若者にしては、まことに隙のないやつではある。

伊太郎がもっていた金十両は、みんなお竹が稼いだものだ。

「一日も早く、小さな店でもいいから持つようにと、私は、それればかり祈っているんです」

と、お竹は白粉《おしろい》も買わずに伊太郎へ差し出しつづけてきたのだ。

亡くなったお上さんへの〔忠義〕ばかりではない。

すでに、お竹は伊太郎と只《ただ》ならぬ関係にあったのだ。

一年も前からである。

横田屋に対して、伊太郎は、お竹のことをおくびにも出さなかった。

当然であろう。

少し前に、伊太郎は早くも横田屋の娘で十八になるおりよにも手をつけていたのだ。

すばしこいやつではある。

そのことを知らずに、横田屋五郎吉が、

「どうだい。その十両のほかの足りない分は、私が出そうじゃないか。そのかわり、お前にきいてもらいたいことがある。いいえね……実は、お前がよく働いてくれもするし、行く先ひとかどの商人《あきんど》にもなれよう見こみもついたことだし、女房とも相談の上で、ひとつ、うちのおりよをお前にもらってもらいたい、と、こう思うんだが、どうだろうね」

待ってましたと手をたたきたいのをじっと我慢して、伊太郎はあくまでも殊勝げに、

「もったいない」

と、いった。

これで万事きまった。

お竹は、のけものにされた。

「女房にする」

と伊太郎もいわなかったのだが、お竹は、そのつもりでいた。

老僕の善助でさえ、そう思っていたのだから、二人がむつみあうありさまは、ごく自然の成行《なりゆき》であったといえよう。

もちろん、そのときは伊太郎もお竹を捨てるつもりではなかったかもしれない。

ところが横田屋のおりよというものを見てから、次第に伊太郎の野望が本物になっていったのであろう。

おりよとの婚礼をすましてしまってから、伊太郎が亀嶋町へやって来て、

「私は、お前を女房にするといったつもりはないよ」

と、お竹に釘《くぎ》をさした。

「小さな店だが働くつもりがあるんなら、お前も来てくれていいんだが……」

「けっこうです」

お竹は、表情も変えずに答えた。

そして（ああ……やっぱり、こんなことになってしまった……）と思った。

少し前から、お竹は女らしい直感で、伊太郎の心が自分から離れて行くのを予知していたようなところもある。老僕の善助は、

「これから、お竹ちゃんはどうするのだ、どうするのだ」

と心配をしながらも、伊太郎の店へ行ってしまった。

お竹は、唇をかみしめて耐えた。

阿部川町の居酒屋兼飯屋の〔ふきぬけや〕へ住み込み女中に入ったのは、伊太郎と別れて三日後のことである。

三

〔ふきぬけや〕の主人に、

「いやなら無理にすすめないがねえ、お前ほどの躰《からだ》をしていれば、いい儲《もう》けになるのだが……」

こうもちかけられたとき、それまでは虚脱状態にあったお竹の脳裡《のうり》に、

(どっちみち身より一つないんだもの。なんとか女ひとりで食べて行けるようにならなけりゃ……)

と、この考えがぱっと浮かんだ。

むかし、金屋のお上さんが女手ひとつに店を切りまわしていたように、

(私だって、できないことはない)

金をためて、どんな小さな商売でもいいからやってみたい。それができたなら、大手をふって世の中を渡れよう。

また、ぱっとひらめいたものがある。

（私、蕎麦屋《そばや》をやってみたい）

前に、お竹は主人父子を養うために差し出す稼ぎのうちから、少しずつためこんでおいて、二月《み つき》に一度だけ上野の仁王門前にある〔無極庵《むきょくあん》〕という蕎麦屋で、鴨南《かもなん》ばんか天ぷらそばをおごるのが唯一の生きがいであった。

天ぷらそばは、このころから蕎麦屋であつかうようになったもので、貝柱のかきあげがぎらぎらとあぶらを熱い汁にうかせているのをすすりこむとき、お竹は、まるで天国へでものぼったような心地がしたものである。

十五か六の少女が、ひどい貧乏ぐらしに耐えて主人父子につくしているといった境涯だったのだから、無理もない。

伊太郎の愛?をうけるようになってから、二人して〔無極庵〕に出かけたこともある。

あぶらっこい天ぷらもよかったが、そのあぶらっこさの中からすすりこむ蕎麦の清らかな香りが、お竹はこよなく好きであったのだ。

蕎麦屋の売り据え店なぞは、探せばいくらでもあった。ひろい江戸の町なのである。

（やってみよう）

お竹は、決心をした。

はじめての客は、浅草の〔ちゃり文《もん》〕とよばれた有名な彫物師《ほりものし》で、三十そこそこのいなせな男だった。

「お竹ちゃんの、この白い肌に牡丹《ぼたん》の花を彫《ほ》ってみてえな」

と、ちゃり文は口ぐせのようにいった。

ちゃり文はあっさりとした遊び方をして、水茶屋の婆さんへわたす金のほかに、かならず、お竹へいくらかのものをおいていってくれた。

「お前の肌てえものは、こりゃ大へんなものだぜ。こんな肌をしている女には、なかなかぶつからねえもんだ。大切にしなくちゃいけねえ」

ちゃり文が、そういうと、お竹は、

「でも、もうお嫁さんになれるわけのもんでもなし……だって、私の顔見てごらんなさいな。どうみたって……」

「どうみたって？　なんだ」

「お、た、ふ、く」

「ばかをいえ。好きな男ができたら、そいつの前で素っ裸になってみねえ。少しましな男なら見のがすはずはねえ、とびついてくらあな。おれだって、八人の子もちで二人の女房をもっているのでなかったら、まっさきに名乗りをあげるぜ」

とにかく、ちゃり文の親方は、お竹にとってはいい客であった。

このほかに二人ほどお竹でなければならぬという客がある。

みんなやさしい連中ばかりであったから、お竹の心も躰も客をとるわりには荒れなかった。

もっとも、客をとるのは月のうち四、五度ほどで、それ以上はつつしんだ。〔ふきぬけや〕で働くほかの女中の手前もある。

客をとりはじめて、まだ半年にもならないのだから、お竹のためた金は三両そこそこであった。

蕎麦屋の売り店を買うためには、どうしても二十両から三十両はかかる。

いいかげんにためいきも出ていたところへ、毛むくじゃらで、あんまの上手な川越の旦那が、躰をもみほごしてくれたあげく、ぽんと二十両もおいて行ってくれたのだ。

それからもう、お竹は客をとらなかった。

四

浅草駒形《こまがた》の唐がらし横町に住む彫物師ちゃり文の家を、お竹がおとずれたのは、翌文化元（一八〇四）年春のことであった。

およそ一年ぶりで、お竹の顔を見たのだが、なつかしさよりも先にちゃり文は大あわてになった。

「い、いけねえよ、お竹ちゃん。こんなところへ来ちゃ、いけねえ」

家に女房がいたので、ちゃり文は狼狽《ろうばい》しきっている。よほど女房には頭が上がらないことをしつづけてきたに違いなかった。

「親方。そうじゃあないんです」

「な、なにがよ」

「お、親方にお願いがあるんです」

「なんだ?」

その願いというものをきいたとき、さすがのちゃり文もびっくりしたが、

「そこまで決心をしたのなら……ま、やってみねえ」

こころよく引きうけてくれた。

その日から三ヵ月、お竹は一日おきほどに、ちゃり文の家へかよいつめた。

夏がきた。

そろそろ、梅雨《つゆ》もあがろうかという或《あ》る日に、お竹は、上野仁王門前の蕎麦屋〔無極庵〕をおとずれ、主人の瀬平に相談をもちかけた。

瀬平は、お竹が巻藁人形を売っていたころに蕎麦を食べにきたこともよくおぼえているし、このところしばらく見えなかったので、

「あの働きものの娘《こ》はどうしたんだろう」

気にもかけていたところであった。

「もう一年も前に、その春木町《はるきちょう》の蕎麦屋の売り据えを買って、商売をはじめてみたんですけど、場所も悪いし、前にいたのをそのまま雇った職人の腕もまずいんです。いえ、人が

らは実直な男なんですが、そばつくりの修業が足りていません。でも、私はなんとしてもやってみたいんです。やりぬいてみたいんです」

お竹は必死であった。

〔無極庵〕の職人を貸してもらえないかというのである。

うじうじと思案をかさねる前に、このごろのお竹は行動をはじめるというくせがついた。

いかいかいかのるかそるかというとき、思いつめた人間が逆境をはねのけようとする懸命さのあらわれである。

「私も、これからは自分で出前持ちをやろうと思うんです、旦那……馬鹿な女だとお思いかもしれませんが、まあ、見て下さいまし」

地味な、もめんの単衣《ひとえ》の肌を、お竹がぱっとぬいだ。

そこは店先ではなく、主人夫婦の居間の中であったが、主人の瀬平も女房のおりきも、思わず「あっ……」と声をあげたものである。

帯から下は見るべくもないが、むっちりと張った左の乳房に鉞《まさかり》をかついだ金太郎のまっ赤な顔が彫りこめられ、金太郎の無邪気につきだした口が、いまや、お竹の乳くびを吸おうとしている図柄であった。

おそらく金太郎の全身は、お竹の下腹から背中にかけて彫りつけられているものと見えた。

つまり、お竹の左半身に彫ものの金太郎がだきついているという趣向なのである。

「うーむ……」

うなり声をあげたきり、瀬平夫婦は目を白黒させている。

さすがに、江戸でも名うての彫師とうたわれた〔ちゃり文〕の仕事であった。

筋彫《すじぼり》という手のこんだ技巧を要するやり方で朱入り、金入りという見るからに燦然《さんぜん》たるものだ。

「お、お前さん、若い身そらで、肌をよごして、どうなさるおつもりなのだ」

しまいには、瀬平もがたがたとふるえはじめた。

気のつよい男でも、これだけの彫ものをするための痛みには耐えられない。しかも女の胸と腹のやわらかい肌身が、よくもこらえぬいたものである。

二十《はたち》そこそこのお竹が、このような躰《からだ》をしていると知って、主人夫婦は、なにか、とんでもない言いがかりをつけられるのではないかと恐れたのである。

「ごめん下さいまし」

と、すぐにお竹は肌を入れた。

「これは客よせの彫ものなんでございます」

「なんだって……」

「もろ肌をぬいで、私は店でも働き、外へ出前にも出るつもりなんでございます」

あっけにとられている瀬平に、お竹は、

「まず、おききなすって下さいまし」

うまれてからこの方の身の上を少しも包みかくさず、淡々と、しかも誠意を面《おもて》にあらわしつつ、お竹は語った。

「なんと申しましても場所が悪く、いずれは表通りへ出たいと思っていますけれど、いまの私には、これで精いっぱいのところなんです。なんとかしてお客を寄せなくちゃあいけない、ここでくじけてしまっては、張りつめてきた心がぽっきり折れて、もう自分がどうにもならない女になってしまう、そんな気がするんでございます」

そのころの江戸は、まさに爛熟《らんじゅく》の頂点にあった。

天明《てんめい》、寛政、享和、文化……とつづいた十一代将軍・家斉《いえなり》の時代である。

物資が江戸に集中し、経済の動きもこれにしたがって派手一方になる。

江戸市民の衣食住から娯楽にいたるまで、とおりいっぺんのものでは満足できないといったぜいたくさが、たとえば商家の女中にまで及んでいたのだ。

こういう世の中であるから、営業不振で店じまいをした蕎麦屋をお竹のような若い女が買いとっても、どうにもなるものではない。

覚悟はしていたことだが、お竹の若さがそれを押しきろうとしたまでである。

仕込んだ材料が残り余る日々がつづいて、出前の小僧も逃げ出し、由松《よしまつ》という蕎麦職人と二人きりになったとき、

（そうだ……）

きらりと、お竹の脳裡にひらめいたのは、前に客をとっていたときのなじみの〈ちゃり

文」のことであった。

「お竹ちゃんの肌に、思いきり彫ってみてえ」

ともらした、その言葉を、お竹は突然に思いうかべたのである。

それがいいことか悪いことかを考えるよりも先に、お竹は浅草のちゃり文の家へ駈《か》け出したのだ。

「私がこんな大それたことをして、たとえお客がきてくれても、いちばん大切なのは蕎麦の味なんです。いま私のところにいる由松というのは、不器用ですが教えこめばおぼえられるだけの、まじめさをもっている男なんです。それで、あつかましいとは存じながら、こうして……」

「わかりました」

と、〔無極庵〕の主人がいった。

「けれど、お前さん。肌の彫ものを客寄せにつかうことは、いつまでもやっていちゃあいけない。客が来て、味をおぼえて、また来てくれる。それが食べものやの本道だ。店の中も口に入れるものも、小ぎれいで、おいしくて、その上に、店をやるものの親切が、つまりまごころてえものが食べるものにも、もてなしにも、こもっていなくちゃあ、客は来ないよ」

「はい」

「よござんす。腕のいい職人を一人、貸してあげましょう。ただし、三月《みつき》をかぎってだよ。

その三月の間に、お前さん、お客をつかんで離さないようにするのだ。そして三月たったら肌の彫ものも見せちゃあいけない。これだけのことを約束してくれるなら、相談にのってあげましょう」

「あ、ありがとうございます」

といったとたんに、お竹は、のめるように伏し倒れた。永い間の緊張の持続が一度にゆるんだからであろう。

五

お竹の捨て身の所業《わざ》は、見事に効を奏した。〔無極庵〕が貸してくれた職人は中年の男で房次郎といったが、無口のくせにすることは親切であり、由松を教えこみつつ、客に出す蕎麦の味を一変せしめた。

しかし、なによりも春木町かいわいで大評判になったのは、もろ肌をぬぎ、金太郎の彫ものを躍動させつつ、蕎麦を運ぶお竹の異様な姿である。

白粉《おしろい》もぬらず紅もささず、雪白の肌に汗をにじませ、ひっつめ髪に鉢巻きまでして懸命にはたらく彼女には、なにか一種の威厳さえもにじみでていた。

外へ、肌ぬぎのまま出前に出ても、警吏《けいり》に捕まるようなことがなかったという。

後年の天保《てんぽう》改革が行われるまでの江戸市中は、こうした所業に寛大であったし、ことに、お竹のすることを見ていると、まるで女だか男だか、一種異様な生きものの、すさまじいばかりの意気ごみを感ずるのが先で、いささかの猥褻《わいせつ》さも人々はおぼえなかった。

本郷《ところ》の無頼漢どもでさえ、道で、出前のお竹に出会うと、こそこそと姿をかくしたということだ。

たちまち、お竹の店は割れ返るような盛況となった。三ヵ月で、お竹はぴたりと肌をおさめた。

しかし、客足は絶えなかった。

それから約一年たった。

すなわち文化二年六月二十七日である。

この日……。

かねてから江戸市中でも大評判になっていた大泥棒、鬼坊主《おにぼうず》清吉《せいきち》の処刑がおこなわれた。

鬼坊主は乾分《こぶん》の入墨吉五郎と左官粂次郎《くめじろう》の二人とともに伝馬町《てんまちょう》の牢獄《ろうごく》から引き出され、市中を引きまわしの上、品川《しながわ》の刑場で磔《はりつけ》になるのである。

泥棒三人は、そろいの縞《しま》の単衣《ひとえ》の仕立ておろしを身につけ、これもそろいの白地へ矢絣《やがすり》の三尺《さんじゃく》をしめ、本縄《ほんなわ》をかけられたまま馬にのせられ、江戸市中目ぬきの場所をえらんで引きまわされた。

三人の罪状をしるした紙幟《かみのぼり》と捨て札を非人二人が高々とかかげ、警固の捕吏や役人が三十人ほど列をつくった。

なにしろ、はりつけになるというのに、鬼坊主の清吉は辞世までよんだやつだ。筋肉たくましい躰《からだ》を悠々と馬の背におき、にたりにたりと不敵な笑いをもらしつつ引きまわされて行く。

「なるほど、さすがは音にきこえた大泥棒よなあ」

「てえしたもんだ、目の色も変らねえ」

などと、沿道にむらがる野次馬どもは大へんな騒ぎである。

引きまわしの途中で、何度か休止があった。

このときは泥棒三人も馬からおろされ、水なり食べものなり、ほしいものをあたえてもらえる。

この休止のたびに、鬼坊主は辞世の歌を高らかに叫ぶ。

武蔵野《むさしの》に名ははびこりし鬼あざみ
　今日の暑さに少し萎《しお》れる

というのが、辞世であった。

しゃれた泥棒もいたものだが、このため、群集が鬼坊主へかける熱狂は、すさまじいばかりのものとなった。

いよいよ、これが品川刑場へ向う最後の休みというときに、鬼坊主清吉は乾分の二人に向い、

「いよいよ、もうおしめえだな」

にやりといった。

「へえ」

左官条も入墨吉も度胸はいい。いや、少なくともいいところを見せて、

「人の一生というものなあ、短けえもんでござんすね」

いっぱしのことをいう。

「ふむ。お前たち、この期《ご》におよんで、いちばん先に頭へうかぶのはなんだ?」

「そりゃあ親分、女でさあ」

乾分二人、口をそろえていった。

「そうか」

鬼坊主もうなずき、

「みっともねえが、実は、おれもそうなのさ。ほれ、いつか話したことのある……」

「あ、池ノ端の水茶屋で買った肌の白い女のことで?」

「うむ。あれだけの肌をもった女は、おれもはじめてだった。あんな味のする肌をしゃぶったことはねえ。あんまり男みょうりにつきる思いをさせてもらったので、おれはな、財

布の中の二十両をぽんとくれてやったものだ」

「しかも、あんままでしてやったとか……」

と左官粂がいうと、入墨吉も、

「これで親分も存外あめえところもあったのだなあ」

三人、声をそろえて笑った。

死ぬことへの恐怖をなんとかしてその直前まで忘れていようという必死の努力だったともいえよう。

そのころ、本郷春木町のお竹の店では、

「なにしろ大へんなにぎわいだといいますよ、お上さん。そりゃそうだ。鬼坊主がやった悪さの数は、とても数えきれないといいますからね」

〔無極庵〕ゆずりの天ぷらをあげながら、由松がお竹にいった。

お竹は、ふふんと鼻で笑った。

「くだらない泥棒のお仕置きなんぞを見物しているひまが私たちにあるものかね」

「そりゃあ、そうですね」

由松は甲州石和《こうしゅういさわ》のうまれで二十二歳になる。

前の店では三人いた職人のうち、いちばん下ではたらいていたものだ。

〔無極庵〕の房次郎に仕込まれて、いまの由松は見ちがえるばかりの蕎麦職人となっている。

若い職人一人と出前の小僧を一人、店でつかう小女《こおんな》を一人と合せて三人をやとい入れたが、むろんお竹は出前にも出るし、店でもはたらく。

肌をおさめても、お竹の懸命な経営ぶりに、もうすっかり客足がかたまっているのだ。

麻の夏のれんに〔金太郎蕎麦〕と紺で染めたのを店先にかかげ、お竹は、汗みずくになって昼も夜もはたらきつづけている。

注文を通す小女の声がつづけざまにきこえた。

それに返事をあたえながら、お竹が由松にいった。

「それにしても、川越の旦那に一目会いたい。あれから二度、川越へ出かけてたずねてみたんだが、かいもく見当もつきゃあしないんだもの」

「お察しします」

「なにしろ、私がここまでたどりつけたのも、元はといえば、みんな川越の旦那のおかげなんだものねえ」

しんみりといって、お竹は、うどん粉をといた鉢へ貝柱と三ツ葉をいれてかきまぜながら、

「由さん」

「へえ」

「お前さん。私が好きかえ？　好いてくれているらしいねえ」

由松は、まっ赤になり、あわてて蕎麦を切り出したが、その拍子に親指へ包丁をあてて

しまい、

「痛い！」

と叫んだ。

一椀の汁

佐江衆一

佐江衆一　さえ・しゅういち

一九三四年、東京浅草生まれ。五二年、東京・日本橋の丸善に入社、その後コピーライターとなる。六〇年、北杜夫・佐藤愛子等の同人雑誌「文藝首都」から推薦された短篇「背」が佐藤春夫に絶賛され、新潮社同人雑誌賞を受賞し、作家デビュー。九〇年、『北の海明け』で新田次郎文学賞、九五年、『黄落』でドゥ・マゴ文学賞を受賞。同作はベストセラーとなり、TVドラマ化、舞台上演される。九六年、『江戸職人綺譚』で中山義秀文学賞を受賞。古武道師範・剣道五段。

一

初夏の相模灘《さがみなだ》の青さが玉虫色の皮にひかる、みごとな初鰹《はつがつお》だった。早船《はやぶね》で日本橋河岸《にほんばしがし》に十七尾あがったのだ。六尾は将軍家へ、三尾を江戸随一の料理茶屋といわれる山谷《さんや》の八百善《やおぜん》、二尾を梅吉が奉公する柳橋《やなぎばし》の川長《かわちょう》がせり落し、残り六尾は魚屋が仕入れた。

一尾の値は、なんと二両一分。梅吉のほぼ一年分の稼ぎである。

庖丁《ほうちょう》をにぎる掌《てのひら》が汗ばみ、心《しん》ノ臓がふるえた。板場で忙しく働く煮方、焼方の目が、それとなく鋭く、梅吉の手もとにそそがれている。親方の小平次は傍らに立っていた。

梅吉は頭《かしら》を落し、背から三枚におろして皮をひき、背二つ腹二つにわけた。

出刃は親方愛用の〝重延《しげのぶ》〟。会津《あいづ》の庖丁鍛冶《かじ》の作で、料理人垂涎《すいぜん》の、柾目《まさめ》鍛えの逸品である。梅吉ごときの使える庖丁ではないが、小平次がはじめて使わせてくれたのだ。

背の身をそぎ切りに角に切る。その切り身を網杓子《あみじゃくし》にのせ、熱湯に猪口《ちょく》一杯の水をさした湯にさっとくぐらせ、すぐに水の中に移してとり出し、手早く水を拭きとり、四分の分厚さに切りそろえて、紺の染付網目皿に盛りつけた。

三杯酢の湯なます大根をそえ、刻み紫蘇《じそ》を散らし、初物の花胡瓜《きうり》もそえ、最後に溶き芥《がら》子《し》をわきに落して、五人前を仕上げた。

無我夢中だったが、気持が湧きたっている。切り口の鮮やかな肉の赤味とぐるりの霜降りの妙。鰹の霜降り角づくりは、小平次が創《つく》り出した、江戸前料理の川長の看板料理だが、その親方にも劣らぬ出来栄えに思える。

活《い》きのいい鰹が粋《いき》にひとり立ちしていながら、庖丁の冴《さ》えがかくれて、舌にのせればやさしくとろけるようだ。湯なます大根のやわらかな白さ、紫蘇と花胡瓜の緑が初夏の景色をひきたて、溶き芥子のとろりとした黄色味が胡瓜の小さな花と対をなして華やいでいる。

口をへの字にくいしめ、怖い目で黙って見つめていた小平次が、仏頂面《ぶっちょうづら》のまま、

「うむう」

とうなずいた。

良いとも悪いともいわないが、梅吉の庖丁さばきと盛りつけを認めてくれたのだ。

梅吉は鉋目横長《かんなめよこなが》の折敷《おしき》にのせ、醤油《したじ》をついだ小皿と朱塗鯉蒔絵《しゅぬりこいまきえ》の木盃《もくはい》をそえた。

「あとはおれがやる」

「へい。ありがとうごぜえやした」

全身から精も根もつきたようで、ぺこりと会釈《えしゃく》をして安堵《あんど》の吐息を胸の奥でふっとついたが、心はずむよろこびが腹の底からつきあげてきて、口もとがだらしなくゆるんでいた。

その得意顔で煮方にもどりながら梅吉は、鰹の霜降り角づくりの向付《むこうづけ》を座敷へはこんでゆくおさよを見た。仲居のおさよもちらと梅吉を見たようだった。

（梅さん、やったわね）

柳腰の後姿がよろこびにあふれてそう語りかけているように、梅吉の目にはまぶしく映った。

今宵《こよい》の奥座敷の客は、川長とびきりの得意客で、いずれも食通の五人の旦那衆《だんなしゅう》である。会席料理の献立はむろん板元《いたもと》の小平次が立てたが、旦那衆のお目あては、向付の初鰹にある。

初鰹人間わずかなぞと買い

と川柳にもあるように、人生わずか五十年なのだから思いきって買ってしまおうと、江戸ッ子の見栄《みえ》と粋が、高価な初鰹の初物食いに拍車をかけている。

会席料理は向付にはじまり、汁、焼き物、煮物、八寸《はっすん》、吸物、香物《こうのもの》……とつづく。最初に賞味する向付が料理の味と景色を決めるといっていい。

その初鰹の庖丁を、小平次は梅吉にまかせてくれたのである。

（どんなもんでえ、おいら……）

梅吉は有頂天な目で、隣の鍋で煮方をしている相弟子の信三郎の横顔を窺《うかが》った。同い歳《どし》の信三郎とは腕をきそってきた仲である。そればかりか、信三郎もおさよに惚《ほ》れているのだ。

色白で男前の信三郎は、口もとに笑みを浮かべ、わずかにうなずいた。

(なあに、梅さん、まだ負けたわけじゃァねえ。これからが勝負さ)

よろこんでくれていながら、負けおしみをいっているようだ。

(そうさ、今年がおれたちの勝負だ)

梅吉は余裕のある笑みを返した。


奥座敷の五人の旦那衆が上機嫌に帰り、他の客もひきとって、板場では洗方《あらいかた》が皿小鉢を洗っていたが、梅吉はそっとおさよに声をかけ、帰り支度をしたおさよと柳原堤《やなぎわらづつみ》に出た。

信三郎はどこかへ一人で飲みに出かけたらしく、姿がなかった。

弥生《やよい》(旧暦三月)下旬のやせた月が夜ふけの空にかかっていた。柳はすっかり若緑の芽をふいていたが、夜の川風はまだ肌にひんやりとして、神田川《かんだがわ》の水面《みなも》にきらきらと研いだような月の光がきらめいている。

「両国橋《りょうごくばし》まで送ってゆくぜ」

二人は連れだって、隅田川《すみだがわ》のほうへ歩いた。

おさよは、川向うの本所《ほんじょ》二ッ目橋の裏店《うらだな》に病身の両親《ふたおや》と暮らしている。梅吉より四つ若いが、二十五のもう年増《としま》で、梅吉とは幼な友達だった。その歳に見えないのは、頬がふっくりとして、笑うとえくぼのできる、愛敬《あいきょう》のある顔だちだからである。

「奥座敷の旦那衆は、おいらの鰹料理をなんていってたい?」

梅吉はずっと気になっていたことを、何気ないふうに訊《たず》ねた。

「それがねえ、梅さん……」

おさよは甘え声にそういって、じらすように微笑《ほほえ》んだ。

「それが、どうしたい？」

（早くいわねえかい）

と梅吉は、提灯《ちょうちん》の仄明《ほのあか》りに浮かぶおさよの笑顔をのぞきこんだ。

「駿河屋《するがや》の旦那さんが箸をつけようとして、こりゃァ相模灘から見た初夏の富士だねえ、って」

「駿河屋の旦那がそういったんかい」

（わかってくれたんだ！）

梅吉は背筋がぶるっとふるえるほどに思った。

紺の染付網目皿に七切れの霜降り鰹を重ね盛りのとき、初夏の相模灘から望む、わずかに雪の残る富岳《ふがく》を思いうかべて、その景色に盛ったのである。

盛り方には料理人それぞれの秘伝がある。基本は七法で、たとえば器《うつわ》の底からすっくと伸びあがるように盛る杉盛りでは、深い器なら杉の梢《こずえ》が谷間から垣間見《かいまみ》えるように、浅い器ならあたかも富士の頂が雲の上にのぞく姿に盛るのである。それも、季節に応じて、器を選び、夏は涼しげに背を高く、冬はおだやかにやや低く盛る。そんなことは板元は口では決して教えないから、板元の技をぬすみ、自分なりに工夫するのである。

おなじ杉盛りでも、鰹の霜降り角づくりを、相模灘の残雪の富士に見たてた梅吉の工夫の景色を、さすが食通の駿河屋の主人は、一目で見ぬき、楽しんでくれたのだ。

「そうかい、そうかい。料理は旬の味だ。旬は景色なんだよ。で、ほかの旦那衆は、なんといってたい?」

「佐野屋のご隠居さんが、小平次の庖丁さばきとはちょいと違うんじゃないかいって」

「えッ、あのご隠居が……」

「若いけど、冴えてるって。あたし、よっぽど梅さんですよって、口もとまで出かかったけど……」

「まさか、おめえ……」

「いいやしなかったわよ。女将《おかみ》さんもふくみ笑いをして黙っていたもの」

(若《わけ》えが、冴えてる、か……)

梅吉はその言葉を胸のうちで繰りかえしころがしてみた。

五人のうちで最も味にうるさい、古稀《こき》を迎えた佐野屋七兵衛《しちべえ》が、庖丁の違いを見抜き、梅吉の若さをたしなめながら褒めてくれたのだ。いや、そうだろうか。

「怖《こえ》えなァ、通の目と舌は」

梅吉は月代《さかやき》のあたりを平手でぴしゃりと叩《たた》いた。

「庖丁は冴えすぎちゃァいけねえんだよ。おいらの腕はまだ未熟なんだなァ。親方の〝重延〟の庖丁に負けて、使いこなしちゃいねえんだ」

「そういうことなのかい。むずかしいんだわねえ」

「〝道具六分に腕四分〟っていってな、切れ味のいい庖丁じゃなきゃァいい料理はできねえが、おいらみてえのがいい気になって〝重延〟なんぞを使うと、庖丁の切れ味ばかりが勝っちまって、佐野屋のご隠居に見ぬかれちまったんだな」

「でも、梅さん。そこまでわかるようになったんだもの、あんた、たいしたものよ」

「違《ちげ》えねえ。ようやくここまできたんだよなァ」

古傘買いの三男だった梅吉は、本所二ッ目橋の裏店にいたガキの時分、幼いおさよをよく泣かしたこともある、洟《はな》たれの腕白者だった。十二のとき、浅草大音寺前《あさくさだいおんじまえ》の田川屋《たがわや》に奉公した。料理人になる気はなかったが、八年の年季奉公だった。

料理人の修業は、まず洗方にはじまる。それも、下洗《したあらい》・中洗《なかあらい》・立洗《たちあらい》の三段階があり、下洗はもっぱら水汲《みずく》みだ。梅吉は小さな躰《からだ》で車井戸の水を汲み、来る日も来る日も縄をたぐるので掌の皮がむけ、血が流れて縄が真赤にそまったものだ。真冬でもはだしだから、霜やけとあかぎれで泣くほど痛い。泣き面をしていると、

「馬鹿野郎。アヒルのくせして、水が冷てえなんぞとぬかしやがって！」

罵声がとび、横っ面をはられた。

そのアヒルをしながら、使い走りや子守りなんぞもさせられて、年がら年じゅう追廻《おいまわ》されるので、下洗は追廻しとも呼ばれるのである。

〽粋な板元　小粋な煮方
　色で苦労する焼方さん　女中泣かせの洗方　なぜか追廻しはドジばかり

　そんな唄を知り、アヒルで追廻されながら、

（必ずおいらだって、粋な板元になってみせるぜ）

　貧乏人の意地で思いさだめて、魚の鱗《うろこ》とりや身下ろしもさせてもらえる立洗に出世したときは、五年のつらい歳月がすぎていた。そして、煮方と焼方の助手である脇鍋《わきなべ》になったとき、八年の年季が明けた。二十歳《はたち》だった。

　脇鍋はまだ煮物も焼き物もさせてもらえず、もっぱら煮方・焼方のわきで竈《かまど》に薪《まき》をくべ、火加減をみる役である。この火加減がむずかしく、煮方・焼方の手もとを見ているから、煮物・焼き物の修業ができる。焼方になった二十二のとき、店をかわった。橋場《はしば》の柳屋《やなぎや》である。

　ここで板元をしていた小平次の弟子になった。相弟子に信三郎がいた。やがて二人そろって煮方になった。

〝煮方十年〟

　といわれる。下洗から十年かかってやっと煮方になれるという意味と、煮方も十年かけねば一人前になれないという意味の両方である。

　四年前、板元の小平次が弟子を率《ひ》きつれて柳橋の川長に移った。料理茶屋の主人《あるじ》や女将

は板元にいっさい任せるから、板元がかわれば器まですべてがかわる。なかでも川長は、料理人を大事にすることで知られていた。

柳橋には梅川《うめかわ》、万八《まんぱち》、亀清《かめせい》などの名を知られた料理茶屋が多く、なかでも川長は、料理人を大事にすることで知られていた。

名人気質《かたぎ》の小平次は、ことのほか梅吉と信三郎に目をかけてくれていたのである。

(今夜でおいらのほうが、信さんを抜いたんだ……)

信三郎はまだ小平次の庖丁を使わせてもらってはいないのだ。

(だがあいつのことだ、おいらの庖丁さばきのドジさ加減を、目ざとく見ぬいていたにちげえねえ。むろん親方だって……)

食通の客ときびしい親方、そして腕をきそう相手がいるから、料理人の腕はあがる。恋敵《がたき》でもある信三郎を、少しも憎む気は梅吉にはなかった。

梅吉とおさよは、両国橋のたもとまで来ていた。

「いいわよ、ここで」

「なァに、東詰まで送ってゆくぜ。今夜のおいらァ、めっぽう気分がいいんだ」

西詰の広小路《ひろこうじ》の芝居小屋はとうにはねて葦簀《よしず》をひきまわし、商家も大戸をおろし、両国橋をゆきかう人影もまばらだった。

「思い出すなァ、四年前《めえ》、川長に移ってきて、仲居をしていたおさよちゃんに出会ったときは、びっくりした。修業中は藪入《やぶい》りにも長屋に寄りつかなかったから、別嬪《べっぴん》になってたおめえを見て、別の女かと思ったぜ」

梅吉は快い思い出にふけりながら、大川の川面《かわも》に目をおとした。真暗な川面に、二、三艘《そう》の屋形船の灯がにじんでいた。

「あたしだってびっくりしたわよ。梅さんが川長の煮方さんなんですもの」

「なァに、これからさ。二十九にもなっちまったが、来年は必ず板元になってみせるぜ。板元になるまでは世帯《しょたい》はもたねえって、信さんとは前から誓いあってるんだ」

「ええ、そのことは知ってるわ。梅さんと信さんって、いい仲ねえ。でもあたし……つらいわ」

おさよは、最後の言葉を消えいるようにつぶやいた。

「そんなことはねえよ。おいらと信さんは、どっちがおさよちゃんと夫婦《めおと》になろうと、恨みっこなしっていってるんだ。あいつも竹を割ったような気質だしなァ」

「でも、あたし……」

「気をもむなって。来年の正月にゃ、このぶんだとおいら、親方から板元として出世披露《ひろ》目《め》がしてもらえる。ひょっとして信さんかもしれねえが、負けやしねえよ。もしもだ、二人そろって板元になったときゃァ、おめえがおいらか信さんかを選べばいい」

「困るわよ、そんな……」

おさよは下をむいて、黙ってしまった。涙をおさえて、両国橋にひびく自分の駒下駄《こまげた》の音をきいているようだ。

「泣くなよ」

と梅吉は肩にそっと手をおいた。

（いまこの場で、おさよを抱きてえ……）

だが、真底惚れたこの女とは板元になって祝言《しゅうげん》をあげるまでは決して肌を合わすまいと、出刃を胸に打ちこむほどに自分にいいきかせているのだ。それは信三郎にしても同じだろう。

「ねえ、梅さん……」

しなだれかかるように身を寄せてきたおさよが、恨みっぽい目で見あげていった。

「お披露目がなくたって、川長の煮方さんなら、よそにいって立派に板元さんで通るじゃないの」

「駄目だ、そんなのは。おいらの意地が許さねえ」

（これまでも職人の意地で生きてきたんだ。曲げるわけにはいかねえ）

諸国を渡り歩く料理人のなかには、披露目をうけずに板元を張っている者もいるが、江戸市中では許されないし、そんなことをすれば、親方の顔に泥をぬるばかりか、信三郎から嘲《わら》われる。

「なァ、今年かぎりの辛抱じゃねえか」

抱き寄せるようにして梅吉は、おさよの耳もとにささやいた。

「来春《らいはる》は、きっとおめえと……」

両国橋を渡りきった二人は、寄りそってしばらく橋のたもとに立ち止まっていた。

「それじゃァ気いつけて帰《けえ》んな。そのうち見舞に寄らせてもらうが、お父《と》っつぁんとおっ母《か》さんによろしくな」

突き放つようにそういうと、梅吉は、立ち去ってゆくおさよの提灯の灯明《ほあか》りを見送った。大川の春闌《た》けた川風に、おさよの鬢《びん》つけ油の匂いと熟れきった女の残り香が、心なしかいつまでも漂っていた。

二

五月雨《さみだれ》にはまだ少し早いが、走り梅雨《づゆ》だろうか。

朝からしとしとと小雨が降っていた。

梅吉が井戸端で自前の庖丁《ほうちょう》を研いでいると、親方と河岸《かし》からもどった信三郎が、板場で小平次となにか話していたが、井戸端に出てきて声をかけた。

「今朝はなァ、梅さん、鱸《すずき》と蛸《たこ》の上物がへえったぜ」

「そいつァよかったな。鱚《きす》や車海老《くるまえび》なんぞはどうだったい？」

「それも仕入れた。川魚は若鮎《わかあゆ》と鯉《こい》のいいのがあったが、今日はよしにしたぜ」

五月《さつき》の旬の魚は、江戸湊《みなと》でとれる鱸をはじめ鱚や魳《かます》などで、房総の車海老や鮑《あわび》もよく、川魚ならなんといっても若鮎と鯉である。

料理はまず活きのいい旬の魚の仕入れにある。ちかごろの小平次は、かならず梅吉か信三郎を河岸につれてゆき、仕入れの目もこやしてくれているのだが、梅吉に初鰹《はつがつお》の庖丁をまかせた翌日には信三郎にやらせ、〝重延《しげのぶ》〟は使わせなかったものの、二人に庖丁さばきをきそわせていた。

（今日は信さんだな）

まだ暗いうちに信三郎が親方と河岸へ出かけていったときから、梅吉は思っていた。

「向付は鱸の洗いか……」

砥石《といし》から目をあげずに梅吉は、フンと鼻先で嘲《わら》うようにいった。鱸はせいご・ふっこ・すずきと呼び名がかわる出世魚だが、身にくさみがあるので、塩焼きより、へぎ造りに薄くつくり、冷水にさらして洗いにするのがいい。

昨日は梅吉が鯉の薄づくり洗いをつくったのだ。三枚におろし、花びらほどに薄くへぎ、手早く深い器に入れて身が流れ出ないようにざるをあてがい、汲みたての井戸水を鯉の身が踊るほどに勢《いきおい》よくかけて水にまかせ、身がちぢれ返るようになるのを待った。われながら上出来だった。

洗いは、へぎ造りの庖丁さばきと良い水で魚のくさみと脂肪《あぶら》を洗い流すこつに、小粋《こいき》な味に仕立てる秘訣《ひけつ》がある。

（ゆんべのおいらの鯉の洗いにくらべりゃァ、信さんのつくる鱸の洗いなんざァ、てえしたことはねえ）

そう思って、梅吉は顔をあげた。

すぐ目の前に、背の高い信三郎が親方の庖丁をもって立っていた。〝重延〟の出刃である。研ぎをまかされたのだろう。

見おろす信三郎の目が、よろこびと自信にみちている。今日は親方の出刃を信三郎が使わせてもらえるのだ。

（ようやく、おいらに追いつきやがった……）

今宵の客は、先夜の五人の食通である。

（しっかりやれよ）

励ましの目で見あげながら、水をあける者の余裕で梅吉は、

「大事《でえじ》な親方の庖丁だぜ。燥《はしや》いだ気分で研いで、丸ッ刃になんぞすんなよ」

と冗談をいった。

「ご忠言、かたじけねえ」

信三郎も軽口で応え、隣にならんでしゃがみ、手もとに砥石をすえながら、

「蛸はやわらか煮にして、芽芋《めいも》との煮合せはどうかな……」

半ば独り言にいった。

「親方がそうしろってのかい？」

親方が立てる献立をまだきいていないが、鱸の洗いを信三郎がまかされるなら、蛸のやわらか煮は煮方の梅吉がつくることになる。

蛸は頭と足を切り放しても生きている。活きのいい蛸ほどねばるほどに身がやわらかい

から、塩もみして深い壺《つぼ》に入れ、端を切り落した長大根で突きに突くのである。身がしまったところで水洗いして鍋に入れ、突いていた大根も五つ六つに切って入れ、醤油《しょうゆ》・酒・味醂《みりん》で味をつけ、落し蓋《ぶた》でことことととろ火で煮つづける。一刻《ひととき》（約二時間）もかける煮加減が、煮方の腕である。

煮あがった蛸に板元が庖丁を入れる一瞬の、刃が吸いつくようで吸いつかぬやわらかさで、煮方の腕がわかる。その庖丁を今日は信三郎が入れるのだ。

「まかしておきなって」

芽芋の味加減にも自信がある。さっぱりと煮あげて、蛸の味との濃淡のつりあいに、この煮合せの美味《うま》さがある。

（親方は蛸のやわらか煮の煮合せで、おいらと信さんの腕をきそわせようってわけか……）

「親方の今日の献立は、ほかになんだい？　鮑の薄切りにもみ胡瓜《きうり》の酢の物かい？」

他の貝は冬のうちだが、鮑は初夏から初秋にかけてが味が深い。親方のことだ、鮑を仕入れてきたにちがいないと、梅吉は思ったのだ。

「いや、鮑は使わねえよ」

「じゃァなんだい？」

梅吉は考えこんだ。親方がどのような献立を立てたか、自分が川長の板元になったつもりで思案してみるのである。

献立は前もって立てて、その材料を仕入れるのが普通だが、河岸にいって気に入った魚がないときは、その日の献立を急遽《きゅうきょ》かえねばならない。いずれにしろ、とびきりの旬の材料で、その店にふさわしい、その板元ならではの料理をシテ、ワキ、ツレと組合せる。

梅吉は毎日ひとりで考えることもあるが、信三郎とあれこれ考えを出しあって、小平次との違いに、さすがだなァ親方はと、二人して舌をまく。感心しながら、腹の中では相手に負けまいと火花を散らしているのだ。

いずれ近々、親方が献立をまかせてくれる日がくる。一度まかされれば、板元になったようなものだ。来年正月の披露目は間違いない。まかされる日が今日か明日かと、梅吉は待っているのだ。

「向付が鱸の洗いで、煮物が蛸のやわらか煮、酢の物がないとすりゃァ、汁はあっさりと小茄子《こなす》にして、焼き物は乙《おつ》に鰭の塩焼きにそら豆ぞえ、八寸を思いっきり派手に、車海老の鬼がら焼きに木の芽ぞえ――てえとこだな。おいらならそうするぜ。今日みてえなじめじめした日は、見た目も味もすっきりと粋じゃなくちゃァいけねえよ。どうでえ、当りだろうが、親方の献立に」

「違うな」

「違うって。どこが違うんでえ」

「八寸は、こんな日和《ひより》だから鰻《うなぎ》の白焼き辛煮にする。焼き物も鰭なんかじゃねえよ。献立は、おいらが立てるんだ」

「えッ、おめえが……？」

「すまねえな、梅さん」

ニヤリとして信三郎は、砥石を濡《ぬ》らし、親方の〝重延〟の出刃の研ぎにかかりながら、

「実はゆんべ、親方にいわれたんだ。おめえに話そうと思ったが、一人で考《かん》げえることにした。眠れなかったぜ。いくら考げえても、河岸にいってみねえことにゃ、献立通りにはいかねえしな」

「なんだ、ゆんべのうちにか……」

（この野郎、おいらに隠してやがった……）

「水臭《くせ》えじゃねえか」

と梅吉はいったが、もし梅吉がまかされたとしても、黙っていただろう。

「そうかい、献立をおめえがねえ……お手並み拝見といこうじゃねえかッ」

肩を叩いてやりたい気もあるのに、梅吉はやけっぱちな声を出していた。

腹の底に何か得体の知れないものがとぐろをまいている。

さっき信三郎が板場で親方と二人っきりで親しげに話していたのは、信三郎が献立を見せ、親方の指南をうけていたのだ。直されたかもしれないし、そのままで、親方が例の仏頂面でうなずいたかもしれない。いずれにしろ、今日の板場は献立を立てた信三郎が仕切るのだ。

佐野屋の隠居や駿河屋の主人など五人の食通に、女将さんが今宵の献立は信三郎だと披

露するかもしれない。よほどのしくじりがないかぎり、信三郎が板元に出世したも同然ではないか。

梅吉は頭の中が真白になりながら、庖丁を研ぐ手をとめて、すぐ隣で親方の出刃を研いでいる信三郎の手もとを見ていた。

仕上げ砥《と》に出刃の刃をぴたりとあてて、信三郎が手並みよくうきうきと、〝重延〟を研いでいる。裏金《うらがね》の峯《みね》のちかくに槌目《つちめ》のある、柾目《まさめ》鍛えの名刀。研ぐほどに鋼《はがね》と地鉄《じがね》のかさねが、青味がかったすっきりとした柾目で際立ってくる。

(板元の披露目のときは、親方のことだ、この出刃を祝いにくれるにちげえねえ)

そう思って、眺めてきた庖丁である。その庖丁を今日は信三郎が使わせてもらえるだけでなく、梅吉をとび越えて、献立までまかされたのだ。

(畜生……やっぱり、あのときの初鰹の庖丁さばきがドジだったんだ。その後、おいらに二度と〝重延〟を使わせず、おいらの庖丁さばきを親方は黙って見てたんだ……)

「なあ、梅さんよ」

研ぎの音を心地よさそうにたてながら、信三郎がいった。

「この庖丁は、おいらが戴《いただ》きってことになりそうだな」

(何をいいやがる!)

そんな慢心した根性で〝重延〟の出刃が使えるかい！　そういってやりたいが、口が乾いて声が出ない。

（おさよはくれてやっても、この出刃だけは渡せねえぜ）

梅吉は血走った目で、信三郎の横顔を睨《にら》んだ。腹の底にとぐろをまくものが、鎌首をもたげていた。

信三郎は研ぎの途中で、〝重延〟の出刃を顔の前にかかげ、研ぎぐあいをじっとたしかめながら、うっとりとした表情で、

「名人が鍛えた庖丁はちがうなァ。魂が吸いこまれるようだぜ」

ふふっと独り笑いをして、

「こうした業物《わざもの》は、腕のいい庖丁人が使わなくちゃいけねえよ。そうでねえと、庖丁が泣くぜ」

（この野郎、おいらのことをいってやがる！）

信三郎はやはり梅吉が初鰹の霜降り角づくりをつくったときの、庖丁さばきをきびしい目で見ていたのだ。佐野屋の隠居の言葉も耳に入っていただろうに、信三郎が口をつぐんでいたのは、腹の中で梅吉の庖丁さばきを嘲っていたのだ。

（友達げえのねえ野郎だ）

と思う以上に、信三郎が長年の友達づらをして、腹の底では出しぬこうとしている卑しい魂胆を見てしまった気がして、カッと頭に血がのぼった。

だが、これだけだったなら、何事もなかったのだ。

「梅さんよ。へぎ造りはな、庖丁の刃の手元のここんとこで、おさよちゃんの肌にやさし

く触れるみてえによ、刃をやんわり丸く使うもんだぜ。こうしてな」

その庖丁づかいのしぐさを信三郎はさも楽しげにしてみせてから、

「やってみねえな」

と、〝重延〟の出刃を梅吉にさし出した。

「てめえ、おいらをコケにすんかッ！」

「あッ」

と信三郎の笑顔がゆがんだときは、梅吉は受けとった出刃で斬りつけていた。それをよけようとした信三郎の手から血しぶきが噴いた。指が二本、宙に舞った。

その一瞬の光景を、梅吉自身、信じられぬ眼《まなこ》に映していたのだ。

三

大川の川開きもとうにすぎ、江戸の町に秋風が立つころ、伝馬町《てんまちょう》の牢《ろう》に入れられていた梅吉に裁きがあった。

朋輩《ほうばい》を口論のうえ傷つけたとして、江戸十里四方の追放刑である。信三郎にはなんの咎《とが》めもなかった。

台風もよいの風が吹く夕暮れ、南町奉行所の門前で放逐された。

奉行所前の腰掛茶屋で親方の小平次と信三郎、そしておさよが待っていた。一夜、親族方に泊ることを黙許されるが、とうに両親は死んでいていなかったし、古傘買いをしている兄の姿はなく、来ていたとしても、梅吉には無沙汰をしていた兄夫婦の長屋になど泊る気はなかった。

「これからどこへゆく？」

小平次が、すっかり骨張ってしまった梅吉の肩に手をのせて言葉をかけた。

「へい……」

うつむいたきり、親方の顔も見られなかった。

料理人が商売道具の庖丁《ほうちょう》で、しかも親方の〝重延《しげのぶ》〟の出刃で、相弟子の指を落してしまったのだ。料理人として二度と庖丁がもてないだけではなく、

（死んで詫《わ》びてえ……）

と親方の前に面《つら》をさらせる身ではなかった。

「おいらも悪かったんだ。堪忍しろ、梅さん……」

傷は大かた治ったらしいが、まだ左手にさらしをまきつけている信三郎がそういってくれたが、梅吉は顔もあげなかった。傍らにおさよがいることが、いっそうつらい。

（おいらのことァ忘れて、信さんと暮らしてくれ……）

胸の中でそういって、砂《すな》っ埃《ぼこ》りのたつ地べたばかりを見つめていた。

「これを……」

おさよが手行李《てごうり》を梅吉の手におしつけた。

「あたしの縫った袷《あわせ》も入っているから……」

旅支度をしてくれたのだ。

「すまねえ……」

信三郎は左手の薬指と小指を根元から失ったが、料理人としてやってゆけるだろう。板元になり、おさよを幸せにしてくれる……。

（おいらなんぞでなくてよかったんだ……）

「江戸を出てどこへゆくんだ。あてでもあるんか？」

信三郎がきいた。

「北へゆく」

江戸十里四方だけでなく、京、大坂、東海道へゆくことも禁じられている。北へゆくしかないが、あてなどなかった。

「せめて浅草御門《ごもん》まで送ってゆくぜ」

「よしてくれ」

「梅」

もう一度肩に手をおいて小平次がいった。

「これは路銀だ。庖丁はもたねえでも、料理人の心意気だけは忘れるな。いいな……」

「へい……」

梅吉は深々と頭《こうべ》を垂れた。顔をあげたとき、ちらとおさよを見た。

両の目に涙をためたおさよが、なにかいいたそうに口もとをふるわせていた。

梅吉はきびすを返した。

「達者でな、梅さん」

信三郎の声にも振りむかず、梅吉はつんのめるように歩いた。

江戸の夕暮れの空を、どす黒い雨雲が激しい風に低く流れていた。

(生涯、二度と江戸にはもどれねえんだ)

もどる気もなかった。


いくど死のうと思ったかわからない。

梅吉は奥州《おうしゅう》街道を北へ流れ流れて、津軽《つがる》の三厩《みんまや》から船に乗った。津軽海峡の荒海にもう雪が舞っていた。

(死んだ身も同然なら、いっそ北の涯《はて》の蝦夷地《えぞち》に渡ってみるか)

路銀もつきていた。松前《まつまえ》に渡り、人足《にんそく》をしてすごした。

松前は城下町が山すそから湊《みなと》にかけてひらけ、山上に小体《こてい》な福山城があり、湊には北前船《きたまえぶね》がにぎやかに船がかりして、城下は人馬でごったがえしていた。綿作《わたさく》の魚肥《ぎょひ》として全国に出まわる鯡《にしん》の積荷で、仕事には困らなかった。ここで三年をすごし、江差《えさし》に移った。

江差は鯡漁のほかに、附近に檜山《ひのきやま》があるので檜材の積出しでも潤っていた。湊には弁財《べざい》船《ぶね》がおびただしく出入りし、浜には艀《はしけ》の入る張リ出シというつくりの船主や豪商の家が軒をつらね、湊のすぐ沖には弁天を祀《まつ》った弁天島があり、遅い春ともなればエゾ桜が咲きそめ、千畳敷と呼ばれる広々とした岩場では花と海を眺めて弁当をひらく老若男女でにぎやかだった。

冬ともなれば、遠く海を越えて韃靼《だったん》から吹きつける強風に、吹雪《ふぶき》が宙に逆立った。

(刻《とき》までが息を殺していやがる)

しかし、さい涯の町も住めば都だった。独り者で通したが、人足をする船問屋の主人《あるじ》にまじめさを認められて、江差の人別帳《にんべっちょう》にも入れてもらえ、酒を飲めば、人足仲間と馬鹿騒ぎもし、商売女も抱いた。

(どうせおいら、二度と庖丁はもてねえ、料理人の脱け殻さ)

蝦夷地まで流れてくる者は、多かれ少かれ、本邦での食いつめ者や脛《すね》に傷もつ者が多い。変り者もいて、腹がすわっている。あれこれ過去を詮索《せんさく》しないのも有難い。

江戸を追放されて以来、いつか十四年もの歳月が流れていた。

四十の正月を迎えてから、やけに江戸を思い出す。

正月七日の七種粥《ななくさがゆ》。

初春《はつはる》の道のべに、せり、なずな、ごぎょう、はこべ、ほとけのざ、すずな、すずしろが萌《も》えいで、江戸の市中に「なずなァ、なずなァ」とふり売りの声がのどかにきこえてくる。

ここ蝦夷地では雪もとけず、緑の野草など一草もない。雪を掘ると固い凍土《とうど》の深みに、わずかに蕗《ふき》の薹《とう》がころっと、遅い春を待っているだけだ。

初春の江戸湾は、佃島《つくだじま》の漁師たちの繰り出す白魚《しらうお》漁の篝火《かがりび》で、夜はまぶしいほどだった。四《よ》つ手網《であみ》で獲《と》ったばかりの白魚を、客に出して、盃洗《はいせん》に泳がせ、客が箸でつまんで醤油《したじ》のなかに入れると、白魚がぱくっとのみこみやがって、口に入れて前歯でプツンと嚙《か》むと、口ん中へいいぐあいに醤油がひろがったもんだ……。

初夏はなんてったって、初鰹《はつがつお》だなァ……。霜降り角づくりもいいが、ただ厚めに切って、辛子《からし》醬油《じょうゆ》か辛子味噌《みそ》も悪かァねえ。河岸《かし》にあがったばかりの、身上《しんしょう》をつぶすほど高値な活きのいい初鰹を、もう一度、さばいてみてえ……。

山王祭の太鼓の音や浅草三社祭の御輿《みこし》のにぎわいもきこえてきて、江戸の四季の風物と四季折々の旬の江戸前料理の数々が、涙が出るほど懐かしく想《おも》いうかぶ。四十を過ぎた歳のせいかもしれなかった。

江差にも料理茶屋はある。湊と弁天島を見おろす山ノ上町には、芸妓《げいぎ》のいる料理茶屋が建ちならんでいる。通りかかると、つい勝手口から板場をのぞいているのだ。

「なんだ、またおめえか」

顔見知りになった板元と話しこむこともある。信三郎が柳橋の亀清で板元をしているとの噂《うわさ》をきいた。とうにおさよと世帯《しょたい》をもったとも、風の便りにきいた。

(板元になって、おさよと幸せに暮らしてるんだ。それでいい……)

正月がすぎ、江差にも春風が吹き出して雪がとけはじめ、間もなく春鯡で湊がにぎわう二月下旬、セタナイにゆく役人の人足になった。

セタナイまでは海沿いの道を北へおよそ十七里。途中の熊石《くまいし》までが和人地である。海風が強く、春先の小雪が舞っていた。

熊石に一泊し、翌日の夕暮れにセタナイに着いた。役人は数日滞在するので、帰りは一人だった。

日本海を吹きわたってくる北西風の激しい海風に追われるように、帰路を急いだ。熊石まではアイヌの集落さえほとんどない。たまに、山すその崖にかじりつくように舟小屋があるくらいだ。

鳴神《なるがみ》と呼ばれる岬をまわり、小さな入江に入ったとき、軒のくずれた舟小屋の前を通った。

ふと見ると、薄暗い小屋の内に女がいた。女は丼から顔をあげて梅吉を見た。その女と目が合った。一瞬のことだ。

アイヌではなく、和人の女だった。三十五、六か。

通りすぎて、梅吉の目の芯にその女の顔が残っていた。丼から顔をあげた、ほつれ髪の痩せぎすな女。女もハッとしたように梅吉を見たのだ。

(なにを食ってたんだ……)

うどんのようなものをすすっていたようにも、なにか温かい汁のようなものをすすりこんでいたようにも思える。独りのようだった。

(和人のめったに来ねえ、こんな蝦夷地の海辺の荒れ果てた舟小屋で……)

おさよに面影が似ていたわけでもなかった。が、江戸で別れたときの、両の目を涙でうるませ、なにか語りかけようとしていたおさよの顔とかさなった。この十四年、ときにふっと胸の裡《うち》にせりあがってくるおさよの顔だ。

梅吉は振り返ってみた。小屋の板戸が半ば開いているだけで、女の姿はなかった。小雪を舞いあげる風が、板戸を鳴らしていた。

熊石の旅籠《はたご》できいてみると、

「そんな女はいねえよ」

と亭主はいった。

女を見たのは、梅吉の気のせいかもしれなかった。こんなさい涯の地に、和人の女が独りでいるわけはないのだ。

(おさよに会いてえ……)

この十四年、料理人のおのれを殺して、職人の意地も外聞もなく蝦夷地で芥《あくた》のように生きてきた自分へ、梅吉は夜の海鳴りと風の音をききながらつぶやいていた。

(一度でいい。おさよに会って、生涯で一度だけ、料理人として庖丁がもちてえ……)

四

その春、梅吉は江差を発《た》った。北前船に乗り、西津軽の鰺《あじ》ヶ沢《さわ》に上陸した。

宿場宿場の料理茶屋や旅籠の板場で、下洗の仕事に十日二十日とありつきながら、奥州街道に出て、江戸にむかった。

仙台、福島、郡山《こおりやま》、白河《しらかわ》と来て、宇都宮の城下に滞在したときは、みちのくの短い夏はとうにすぎ、秋も深まって、城下のかなたに望む日光《にっこう》の山々に初雪が降っていた。

「おめえ、洗い方がどうにへえってるでねえかい」

どこの店でも板元から褒められたが、決して庖丁《ほうちょう》はもたず、焼方と煮方も手伝わず、下洗しかしなかった。

「いい歳をして、変った野郎だ」

その変り者で通した。

小山《おやま》、古河《こが》の城下でひと月余を働き、越《こし》ヶ谷宿《やじゆく》の小さな旅籠に逗留《とうりゆう》した。

越ヶ谷は江戸から六里。

十里四方江戸払いの梅吉には、日本橋から五里以内の次の草加《そうか》宿へは立ち入れない。迷った末に、柳橋の亀清へ書状を出した。板元の信三郎宛に、おさよと一刻《ひととき》会いたい旨を正直にしたためたのだ。

亀清をかわっているかもしれないが、料理人仲間のことだ、江戸にいるなら信三郎の手元にとどくだろう。破り捨てられるかもしれない。来なくてもともとだった。あるいは、おさよは来なくとも、信三郎が来てくれるかもしれない。

(どの面《つら》さげて、信さんに会えるんだ)

来なくていい、いや、おさよに来てほしい……。

おのれの未練を嘲《わら》いながら、梅吉は旅籠で待った。

江戸から女の足でも半日たらずである。

毎日、空っ風が吹いた。裏の小川にも沼にも氷が張っていた。もう師走《しわす》の半ばだった。

空っ風の吹きまわす関東平野の江戸の空のかなたに小さく富士が見えた。夕陽《ゆうひ》が沈むと、ぱたりと西風がやみ、しんしんと冷えこむ夜が訪れた。

四日めの昼さがり、空っ風の吹く街道を草加宿の方角から近づいてくる二つの人影があった。少年づれの中年の女である。ほとんど背丈のちがわぬ背の高い少年に手をひかれるように、風の中を歩いてくる。梅吉は宿の二階から見ていた。

女は風よけに手拭《てぬぐい》をかぶり、着物のすそをからげ、手甲脚絆《てっこうきゃはん》で、片手に竹の杖《つえ》をついていた。

（おさよだ……）

手拭にかくれて顔はよく見えないが、躰《からだ》つきでわかった。

梅吉は梯子段《はしごだん》をかけ降りた。旅籠の土間に入ってきて、髪の手拭をとったおさよと顔が合った。一瞬、たがいに信じられぬ目で相手を見た。老《ふ》けているが、おさよである。

「すまねえな。師走のこんな忙しいときに、わざわざ来てもらって……」

「いいえ。……梅さんですね。お久しうございます」

「すっかり変っちまったから、わからなかったんじゃなかったかい？」

おさよは黙って首を横に振った。

隣に、十二、三の背のひょろ高い少年が立っていた。

「倅《せがれ》なんですよ。辰之助《たつのすけ》といいます」

おさよがいうと、辰之助はぺこりと頭をさげたが、警戒するような目で梅吉を見ていた。

「倅さんかい。道理で、背恰好《せかっこう》が信さんによく似てるねえ。顔だちは、おさよちゃん、いや、おさよさん似だなァ」

そういっても、辰之助はにこりともしなかった。

信三郎がおさよを一人では梅吉に会わせず、倅を一緒に来させたのか、それとも辰之助自身が母を案じてついてきたのかもしれなかったが、梅吉はおさよが連れてきたと思った。

「うれしいねえ、俺みてえな野郎に倅さんまで会わせてくれて……。まあ、上がってくださいな。疲れたでしょう。わらじをぬいでさ」

梅吉は勝手知った裏の井戸端に出て、足をすすぐ水を小桶《こおけ》に汲んできて、おさよと辰之助の足もとに置いた。井戸端で水を汲んだとき、小桶の水鏡に映った自分の老けた顔に、この十四年間のすさんだ翳《かげ》が消えているのに、梅吉は安堵《あんど》した。おさよにそんな顔は見せたくなかったのだ。

旅籠の亭主にことわって、おさよと辰之助に二階の部屋に上がってもらった。午後の時刻なので、ほかに客はいなかった。梅吉は囲炉裏《いろり》で土瓶に湯をつぎ、茶を淹《い》れて、二階にはこんだ。

おさよと辰之助は、ぎごちなさそうに並んで坐《すわ》っていた。

「昼餉《ひる》はすましたのかい？」

「ええ、草加宿の茶店で」

二人の前に坐ったが、何から話していいか梅吉にはわからなかった。辰之助がいるからでもなかった。いったい何を話したくて、おさよを呼んだのだろう。ただ会いたい一心からだけでもなかったのだ。

おさよも少しのあいだ黙っていたが、

「亀清にお手紙をいただきましたけど、一昨年《おととし》、店を移ったのですよ。亭主は芝神明町《しばしんめいちょう》の車屋で板元をしております。それで、梅吉さんのお手紙を見るのが遅れて、こうして来るのも遅れまして」

といった。

「そうでしたか。芝神明町の車屋の板元さんにねえ。車屋さんといやあ、川長以上だ。てえしたもんだ。板元のおかみさんでは、おさよさんも大勢の弟子の面倒見でさぞ大変でしょう。すっかり信さんもおさよさんも、立派におなりなすった」

「いいえ、これもみんな、小平次親方さんのお陰です」

「なんの音沙汰もしなかったが、親方はお達者ですかい？」

おさよはわずかに首を振った。

「四年前、病いで亡くなられました……」

「えっ、あの親方が……」

「臨終《いまわ》の際《きわ》に、梅さんのことをいってましたよ」

胸の内に熱いものがこみあげて、梅吉は奥歯を噛みしめたまま、握りしめたこぶしに目を落とした。握りしめればしめるほど、こぶしが小刻みにふるえた。

（おいらのことを何ていったんだ、親方は……）

江戸での別れのとき、小平次のいった言葉が、つい昨日のことのように耳にひびいてくる。「庖丁はもたねえでも、料理人の心意気だけは忘れるな。いいな……」

その言葉を片時も忘れたわけではない。だがこの十四年、どのように生きてきたというのか。わずかに、庖丁をもたないことを守ってきただけだ。

「親方がこんなおいらのことを心配《しんぺえ》して、何とおっしゃったか、聞きますめえ……」

そういって梅吉は、あふれる涙をこぶしでぬぐった。そして、泣き笑いの顔をおさよと辰之助にむけた。

「親方へは、信さんがおいらの分も恩返しをしてくだすった。亀清の板元になり、こんどは車屋の板元を立派に張っていなさる信さんを、だれよりもよろこんでおいでなのは親方さんだ。ねえ、辰之助さん、おめえさんは、いいお父っつぁんとおっ母さんをお持ちだよ」

「はい」

辰之助ははじめて緊張を解いたようにうなずいて、恥ずかしそうに母親のおさよを見た。

その母と子を梅吉もまた、こだわりの解けた目で、何よりもまぶしいものに眺めた。

おさよは腰まわりが肥《ふと》りぎみになり、板元の女房としての貫禄《かんろく》と母親としての自信のようなものが、その躰つきににじんでいて、幸せな女の、いい歳のとり方をしている。辰之助のほうは信三郎に似て色白で、利発そうな澄んだ目をしていた。

「辰之助さんはいくつだね」

と梅吉はたずねた。

「十二です」

「十二といやァ、おじさんが奉公に出て洗方になった歳だ。おめえのお父っつぁんもその歳のときには、料理人の年季奉公をしていたはずだが」

「この子も店《うち》で下洗をしてるんですよ」

おさよがいった。

「どれ、手を見せてみねえな」

辰之助の手は、手の平のまめが破れ、指には霜やけとあかぎれができていた。

「信さんのことだ、きびしく仕込んでんだなァ」

「それが、甘いんですよ。来春から川長へ奉公に出すことにしたんです」

「さすが信さんとおまえさんだ。他人の釜の飯をくわせなくちゃいけねえ。で、お子さんは辰之助さん一人なんかい？」

「いいえ、七つになる娘がいるんですよ」

「そいつは悪かったな、幼な子に留守番させちまって」

「いいんですよ」

「おいら、ちょっと……」

辰之助がもじもじして腰を浮かした。厠《かわや》にいきたいのだろうが、気をきかせて座をはずすのかもしれなかった。

「いっておいで」

とおさよがいった。

「でも、すぐにもどって来るんだよ。間もなくおいとましますからね」

辰之助が出てゆくと、梅吉は畳に両手をついて、

「すまなかった、おさよさん」

と頭を下げた。

「あのころァ、おいら若かった。いや、歳ばかりくっていたが、カッとして信さんを傷つけてしまっただけじゃねえ。おさよさんに……」

「梅さん、手を上げてくださいな」

梅吉は両手を膝にもどしたが、言葉をついだ。

「あのころァ、板元に出世することばかりで頭がいっぺえで、人さまの気持の内はなにもわかっちゃいなかった。おめえさんに、信さんかおいらか選べばいいだなんて、酷なことを平気でいっちまって、馬鹿だったんだよ……料理のことだって、なにひとつわかっちゃ

いなかった」

「……」

「親方の〝重延《しげのぶ》〟の庖丁が欲しいばっかりに、おさよさんより庖丁のほうが大事だったんだ。そんな気持で、料理がつくれるわけがねえ。人の心がわからねえで、庖丁がもてるわけはねえってことに、この十四年、蝦夷地でようやく気づきましたのさ」

「蝦夷地で……ずいぶんとご苦労なさったんですね」

「なァに、苦労なんぞしてませんよ」

梅吉は照れ笑いをして、

「ただ歳をくって、四十三にもなっちまっただけだ」

「あたしだって、年が明ければ四十ですよ」

笑顔になったおさよの頰に、えくぼが二つ刻まれている。

「しばらく待っていてくだせえよ」

笑みを返した梅吉は、立ちあがっていた。怪訝《けげん》そうなおさよへ、

「長くは引きとめませんから」

そういって、梯子段を足早やに降り、草履《ぞうり》をつっかけて土間つづきの台所に入り、囲炉裏端にいた亭主とかみさんに、

「ちょいと、これを借りますぜ」

ざる一つを手にして、旅籠の裏に出た。

枯れ葦《あし》が西風になびく小さな沼が、田んぼのほうへひろがっている。梅吉は草履をぬぎ、氷を割って沼に入った。膝小僧ほどの浅さである。水底の泥をのぞくと、まるで小さな二つの目のように、息をする気管だけを泥に出して、蜆《しじみ》がいくつもいた。両手で泥といっしょにすくい、ざるに入れて泥をふるい落す。小さいが、殻の真黒な、肉の肥えた蜆である。少しの間に、小ざる一杯ほどの寒蜆が採れた。

吹きっさらしの、冷たい水の中にいたので、手足が赤くなっていたが、拭いもせず草履をつっかけると、水べの日溜《ひだま》りをさがして、枯れ草のあいだに薄緑の葉をひろげているせりを摘みとった。茎がやわらかく白い、萌《も》え出《いで》たばかりのせりである。

小走りに台所にもどり、

「竈《かまど》を借りますぜ」

とまたことわって、鍋に湯をわかしはじめた。湯をわかしながら、ざるの蜆を洗い、水を張った小桶に入れる。少しの間だが、泥を吐かせるのだ。せりもさっと洗って水をきり、傍らにあった菜切り庖丁で小刻みにきざんだ。鍋の湯がわきたったところで、ざるにとった蜆をほうりこむ。貝の口があいたところへ、椀《わん》に溶かした味噌を入れ、煮たつ寸前に鍋を竈からおろした。

玉杓子《たまじゃくし》で三つの椀に移し、きざみぜりを散らす。盆にのせ、箸もそえて、台所を出た梅吉は、梯子段をトントンとあがった。

部屋にもどっていた辰之助は、端に立って外を眺めていた。

「待たせちまったね」

四半刻（約三十分）もかからなかったが、陽は西にかたむいて、午後の冬陽が座敷の奥まで射《さ》しこんでいた。

「外は冷える。なんのもてなしもできねえが、躰をあたためていっておくんなさいな」

盆をさし出すと、湯気の立つ椀を見て、

「まあ、蜆汁ですね」

とおさよが弾む声でいった。

「こんなものしか、こさえられなくて……」

「いいえ。寒蜆、なによりのご馳走《ちそう》ですわ」

「椀もこんな欠け椀で……。急いだもんで、泥臭えかもしれねえが……」

おさよは隣に坐った辰之助へ、いただきましょうと目でうながし、椀をとりあげ、おしいただいて、ほのかに立つ湯気にうっとりとした表情でいった。

「せりがいい香り……頂戴します」

軽く頭をさげてから、箸をとり、一口すすり、ころっと肥えた寒蜆の身も口に入れて、梅吉を見てにこりとした。

「おいしい！」

その一言でよかった。梅吉は深くうなずくと笑みを返した。

塗りのはげた欠け椀の、変哲もない一杯の蜆汁。

せりを散らして香りと景色をととのえたが、本所二ッ目橋の裏店《うらだな》にいたガキの時分、母親もそうしてくれたものだ。蜆は本所や深川《ふかがわ》の堀割にもいて、梅吉もおさよも、近所の幼い子供たちとわいわい騒ぎながら、堀に入って採ったものだ。

梅吉もおさよと辰之助と一緒に、蜆汁をすすった。せりと味噌の香りにまじって、かすかにへどろのにおいがした。温かい汁の奥に水辺の陽の光があり、どこか天空を吹く風のにおいもした。

梅吉はふと、鳴神の吹きさらしの浜の舟小屋で、丼からなにか温かい汁のようなものをすすりこんでいたあの女は、気のせいでも、幻でもなかったのだと思った。

おさよとの別れの刻がきていた。

母子を旅籠の外まで送り出して、

「信さんによろしくいってください」

と梅吉は、また会える者のようにいった。

「梅吉さんは、これからどちらへ？」

「蝦夷地にもどりますよ」

「好きなお人でもおいでなの？」

「まあ、待っている者がいるんでね」

おさよと辰之助が振り返りながら立ち去ってゆく江戸の空のかなたの夕焼け空に、今日も小さく富士が見えた。

木戸のむこうに

澤田ふじ子

澤田ふじ子　さわだ・ふじこ

一九四六年、愛知県生まれ。愛知県立女子大学（現愛知県立大学）卒業。高校教師、西陣綴織工等の勤めを経て、七三年に作家デビュー。七五年、『石女』で小説現代新人賞、八二年、『陸奥甲冑記』『寂野』で吉川英治文学新人賞、二〇〇五年、京都府文化賞功労賞を受賞。著書に、『天皇の刺客』『深重の橋』『虹の橋』、「禁裏御付武士事件簿」シリーズ、「公事宿事件書留帳」シリーズ、「足引き寺閻魔帳」シリーズ、「高瀬川女船歌」シリーズ、「土御門家・陰陽事件簿」シリーズなど、多数。

一

「おいでやす――」

町風呂「明石湯《あかしゆ》」の番台に、女主《おんなあるじ》のおつねが坐《すわ》っていた。

京の町では秋が一段と深まり、今年、冬の訪れは、例年より早そうだった。

お高《たか》は、小桶《こおけ》の手ぬぐいに乗せてきた湯代の九文に二文をくわえた銭を、番台の縁板《へりいた》に置いた。

「ちょっと寒なりましたなあ。ついでに糠袋《ぬかぶくろ》を一つおくれやすか」

男湯と女湯は、番台前の板張りで仕切られている。

土間から履物《はきもの》をひろい、お高は下足棚《げそくだな》にそれを入れた。

脱衣場に上がり、そこから番台に声をかける。

町風呂に行った折り、男湯の脱衣場には、視線をそそがないようにしていた。それでも「金太郎と山姥《やまうば》」などを刺青《いれずみ》した男の背中が、ときにはちらっと目をかすめた。

「おおきに、糠袋一つどすなあ」

「この年になると、糠袋をいくつ使うたかて、なかなか肌がすべすべになりまへん」

「ご謙遜をおいいやして。お店《たな》さまはお肌がおきれいで、この間から驚いて見させてもろうてます。それにしてもお風呂場の普請直《ふしん》しは、まだできしまへんのどすか」

「へえ、あと二、三日かかるそうどすねん。店の者が寄せてもろうてるはずどすさかい、あとで勘定をまとめて請求しとくれやっしゃ」

「おおきに、ありがとうございます。きのうも板場のお人が三人と女子衆《おなごし》が二人、おいでてくれはりました」

「お世話をかけますなあ」

「とんでもない。まあお店さま、どうぞゆっくり温《ぬく》もっていっておくれやす」

「ご親切におおきに――」

お高は自分と同じく四十歳前後になるおつねに、軽く会釈《えしやく》して、脱衣籠に手をのばした。

脱衣場と流しの境は、竹をならべた簀子板《すのこいた》になっており、板戸が開閉されるたび、湯の匂いが濃く鼻にただよってきた。

江戸時代、町中《まちなか》の銭湯では、どこでも糠袋や貸手ぬぐいを用意している。

湯銭《ゆぜに》は物価によって変動したものの、だいたい六文から十文。営業時間は午前八時から午後八時ごろまでだった。

入浴は贅沢《ぜいたく》。休養の意味を持つため、応対に湯女《ゆな》を置く銭湯もあり、二階に座敷がもうけられ、客は入浴後ここで休息した。

そのためここには、火鉢に煙草盆《たばこぼん》、お茶のほか、碁盤や将棋の駒までととのえられていた。

当初、町風呂は男女混浴だったが、寛政《かんせい》三（一七九一）年、これが禁止され、男湯と女湯に分けられたのであった。

京都では店持《たなも》ち商人《あきんど》の女主を、お店《たな》さまと呼んでいた。

料理屋などの女主を女将《おかみ》というが、京で〈おかみ〉とは御上《おかみ》、天皇を尊んだ言葉で、一般公家《くげ》の夫人を御督様《おかみさん》と呼んだため、女主はお店さまといわれたのである。

お高は明石湯に近い瀬戸《せと》屋町《やちよう》で、まずまずの店を構える料理茶屋「文殊屋《もんじゆや》」の女主だった。

いまの町名では柳馬場《やなぎのばんば》通り錦小路《にしきこうじ》下ル。表は十間《けん》、奥行きは十六間、さほど大きな店ではなかった。

だが京の台所といわれる錦市場が間近なことから、魚荷《うおに》飛脚《ひきやく》が長屋に住んでいたりして、料理の材料をなにかと吟味して選べた。

そのためもあり、文殊屋は東の鴨川《かもがわ》筋や高瀬川筋で名を馳《は》せる料理屋にも劣らないほど、繁盛していた。

店はお高の夫の清左衛門《せいざえもん》で三代目になる。

かれはまだ清吉と呼ばれていた若いころ、祇園社《ぎおんしや》鳥居内で二軒茶屋と評判されるうちの一軒の柏屋《かしわや》で、店の商いのほか、料理人としての修業をひと通りすませた。

二十七のとき、三条木屋町《きやまち》（樵木町《こりきちよう》）の旅籠屋《はたごや》の娘・お高を嫁に迎え、文殊屋の店を継いだのであった。

「器量はよく、年は二十《はたち》。旅籠屋の娘だけに、客あしらいはよう心得てはります。これは願ってもない縁組やと思いますわ」

瀬戸屋町の町年寄・惣兵衛《そうべえ》が持ってきた話は、見合いのあと、とんとん拍子に運ばれた。

そして二人が祝言《しゅうげん》を挙げてから、すでに二十二年がたっていた。

来年二十になる長男の清市郎《せいいちろう》は、十五のときから父親と同じく柏屋へ奉公に出ている。二つ年下の娘のお登勢《とせ》は、嫁入り修業のかたわら、文殊屋の看板娘としてお高を手伝い、ときには客座敷への挨拶にも、顔をのぞかせる日々だった。

お高は脱いだきものや肌襦袢《はだじゅばん》を脱衣籠に入れた。前を隠して竹の簀子を踏み、板戸を開け、すっと流し場にすすんだ。

四十二歳になってもお高の肉置《ししお》きは豊かで、まだたるみらしいものはどこにもなかった。

流し場の中は、湯煙でぼんやりしている。

首筋や胸許《むなもと》を洗っている女たちの姿が、湯煙でかすんで見えた。どの裸形《らぎょう》もさまざまな格好で、糠袋や軽石を使っている。

「ちょっとごめんやす」

彼女は流し場に近づき、湯の縁《へり》にいた女に軽く声をかけ、身体《からだ》の汚れを幾度も洗い流した。

ついで流し場から一段上がり、茶室の躙《にじ》り口《ぐち》を思わせる丈の低い石榴口《ざくろぐち》を、かがんでくぐり、湯槽《ゆぶね》に身を沈めた。

流し場は八坪ほどだが、灯明《とうみょう》で薄く照らされた湯槽は、半分ぐらいの広さしかない。低い天井と石榴口が湯気を逃がさないだけに、湯槽の中は湯煙でさらにかすみ、人の顔もおぼろげにしか見えなかった。

誰かが手ぬぐいで首筋を流している。

「五十、五十一――」

母親に連れられた子どもが、数をかぞえていた。

「うちのぼせそうや。お母ちゃん、もうええやろ」

「おまえ、なにをいうてんねん。まだ五十をすぎたばかりやないか。しっかり温まらな、風邪《かぜ》を引くねんで」

数読みがここでやまっている。

「坊さんが酒のんだ、坊さんが酒のんだ――」
五、六歳の女の子は、母親にたしなめられ、反発するように大声を上げた。
「そんなんあきまへん。帰りに飴《あめ》を買《こ》うたるさかい、ちゃんと百まで温まりなはれ」

母親の一声で、やけっぱちな子どもの声が、また数読みに変った。

お湯に漬《つ》かった子どもに数をかぞえさせるのは、庶民が行なう算学教育の一つだった。

やがて百までかぞえられ、母子が石榴口から消える。

つづいて若い女が、濃い湯煙を動かせ、石榴口をくぐり出ていった。

百十、百十一、百十二――と、お高は胸の中でかぞえた。

そうして百五十になったとき、数人の客が湯槽に身体を沈めたのと入れ代り、彼女は流し場に上がった。

上がり湯のそばに置いておいた自分の手桶をひろう。糠袋の紐《ひも》を口にくわえ、湯を汲《く》んで、流し場の隅に片膝つきで坐った。

少しのぼせ気味で、肉付きのいい身体が、紅色になっている。

お高は顔見知りたちが、あれこれ言葉を交しているのをぼんやりききながら、湯に浸した糠袋で、腕や胸乳《むなち》を磨きはじめた。

胸乳から下腹、つぎに両の太股《ふともも》から足首を、万遍《まんべん》なく糠袋でこすった。

若いときのように、肌がぱっと湯水を弾《はじ》くことはない。だがそれでも、肌の色艶《いろつや》はまだ十分に美しさを保っていた。

糠袋を使っているのと流し場の騒がしさで、お高はすぐには気づかなかったが、このとき、小さくすすり泣く声をふときいた。

――こんなところで、誰が泣いてはるんやろ。変やなあ。

彼女は糠袋を使う手を止め、湯煙の中をそっとうかがった。

すすり泣きの声は隣りからだった。

先ほど母子連れのあと、湯槽を出ていった若い女が、立て膝をつき、手ぬぐいで顔を押さえ、小声で泣いていたのである。

全裸の女たちが思いおもいの格好で、騒がしく身体を洗っている。その流し場の隅で、若い女がひっそり泣いているのは、異様な光景だった。

——どないしはったんやろ。

お高は眉をひそめ、彼女の姿を眺めた。

若い女は均整のとれた身体をしており、肌は紅色、湯煙の中でつやつや輝いていた。男でなくても、眩《まぶ》しいほどの美しさであった。

見つめられているのにも気づかず、若い女はまだ泣きつづけている。

ほかの入浴客たちも、彼女のすすり泣きをきいているはずだが、誰も声をかけなかった。

「失礼どすけど、どないしはったん——」

お高は手桶とともに身体を若い女のそばに寄せ、顔をのぞきこんでたずねた。

すすり泣きが、お高の問いでぴたりとやんだ。

「へえ——」

かすかな答えが返されてきた。

若い女の年は、娘のお登勢とさして変らなさそうだった。

銭湯の流し場の隅で泣いているからには、よほどの事情があるのだろう。

お高には、彼女と娘の姿が重なって見えていた。

「こんなところで泣かんときなはれ。早う身体を洗うて、ここから上がったらどうえ。うちは近くの瀬戸屋町に住む女子《おなご》どす。なんか困ったことがおありやと見かけますさかい、明石湯から出て、どこかで相談に乗ってあげまひょ」

年の功《こう》と大店《おおだな》の女主の貫禄《かんろく》が、若い女を小さくうなずかせた。

脱衣場では互いに背をむけ、きものをまとった。

若い女は着古した地味なきものを着ていた。

草履《ぞうり》も赤い緒ではあるが、履き古したものだった。

お高は手桶をかかえ、目で若い女を外にうながした。

「文殊屋のお店さま、ご贔屓《ひいき》にしてくれはっておおきに。またお越しやしておくれやす」

明石湯の番台には、先ほどのおつねに代り、主の伊助が坐っていた。

「おうい、明石湯の旦那《だんな》、急須《きゅうす》の中身が出《だ》し殻《がら》になってるで。茶筒《ちゃづつ》にお茶の葉が入っとらへんがな。急いで持ってきてんか」

二階の座敷から、男客の声が飛んできた。それをききながら、お高は下足棚から下駄《げた》を取り出し、土間に置いた。

素足の足指を、鼠利休《ねずみりきゅう》の鼻緒にくぐらせた。

「へいっ、いますぐ。おうい、二階にお茶の葉を持っていきなはれ」

男湯の板張りのむこうは、焚《た》き口《ぐち》になっている。

大声で三助《さんすけ》に叫ぶ主に、愛想笑いでうなずき、お高は暖簾《のれん》をかき分け外に出た。

初冬とはいえ、外はまだ明るかった。

若い女が彼女につづき、暖簾をゆらして現われた。

立ち止まって振り返り、お高は彼女を待ち構えた。

だがどうしたわけか、若い女の足に、躊躇《ちゅうちょ》が生れていた。

「うちは高といいますけど、あんたさんはなんというお名前どすのや」

彼女は急にためらい出した若い女に、包みこむような優しい声をかけた。

「へ、へえ、ちづるともうします」

「ちづるはん、千に鶴とでも書きますのかいな」

「はい、その通りどす」

「そうどすか。縁起のええお名前どすなあ。そしたら千鶴はん、ついそこの辻茶屋《つじぢゃや》で、なんぞ暖かいものでも食べまひょうかいな。湯に入って小腹《こばら》が空《す》きましたさかい、お汁粉《しるこ》ぐらい食べられますやろ」

「文殊屋のお店さまおおきに。そやけど――」

千鶴と名乗った若い女は、今度ははっきり拒否の態度をのぞかせた。そればかりか、顔に嫌悪の気配さえただよわせた。

「千鶴はん、うちを文殊屋のお店さまと呼び、あんた、うちがどこの誰か知ってはりますのやな」

「いいえ、いま番台のお人の言葉でわかっただけどす。井筒屋町《いづつやちょう》の長屋に住んでますけど、文殊屋のお店さまとは知りまへんどした」

「おや、井筒屋町の長屋に、そうどすか。それやったら、同じ町風呂になるのはあたりまえどすなあ」

お高は手桶から取り出した濡《ぬ》れ手ぬぐいで、首筋の汗を拭きながらつぶやいた。

井筒屋町は、お高の店がある瀬戸屋町の上《かみ》、同じ柳馬場通りで、南北に一つ町筋がちがうだけであった。

その間もお高はゆっくり足をすすめ、千鶴もためらいがちについてきた。

「文殊屋のお店さま、折角、ご親切にお声をかけていただきましたけど、うちやっぱりご遠慮させてもらいます」

竹竿《たけざお》の先に小さな旗幟《はたのぼり》をひらめかす辻茶屋までくると、千鶴は草履の足を止め、冷ややかな声で誘いを断わった。

「ええっ、うちとお汁粉を食べるのをやめる。そ、それ、どうしてなんえ。そのわけをいうてみなはれ」

辻茶屋の暖簾に手をかけんばかりにしていたお高は、千鶴が気持をひるがえしたことに驚き、幾分、咎《とが》める口調でたずねた。

遠慮するにしては、彼女の態度がいやに堅かったからである。

「勘弁《かんべん》しておくんなはれ。不都合なわけは、お店さまが文殊屋のお人やからどす。うちがお風呂屋の流し場で泣いていたのを、あとで芝居《しばい》染みていたと、考えられたくありまへんねん」

千鶴の返事が、お高の表情をいっそう曇らせた。

彼女は自分になにをいいたいのだ。

あとで芝居染みていたと考えられたくないとは、なにを指しての言葉だろう。

人情深いお高は、彼女らしくもなく目に険《けわ》しい色を浮かべ、千鶴をにらみつけた。

二人の取り合わせを、町内の人たちが訝《いぶか》しそうに眺め、通りすぎていった。

二

「お汁粉を二つくんなはれ」

土間を前にした小座敷に上がると、お高は顔だけは知っている店の小女《こおんな》に注文した。

小座敷は衝立《ついたて》で仕切られ、敷かれた畳は黒ずみ、いかにも辻茶屋らしい風情《ふぜい》であった。

これからの季節、こうした辻茶屋では、お汁粉のほかに甘酒、葛湯《くずゆ》などが売り物にくわえられる。

京の大部分を灰燼《かいじん》に帰《き》させた「天明《てんめい》の大火」から、すでに三十年がたっていた。町中では、誰でも気軽に入れる辻茶屋や暖簾茶屋が、あちこちで見かけられた。

食べもの一つにしても、世間がこれまでとはちがうものを好みはじめ、気楽さを求める時代になっていたのだ。

無理矢理、店に連れこまれた千鶴は、古びた食台のむこうに坐らされ、じっとうなだれた。

小女がお汁粉をすぐ運んできた。

蓋付《ふたつ》きの塗《ぬ》り椀《わん》には、塩昆布《しおこんぶ》を乗せた染め付けの小皿がそえられている。

こんなところにも、京の粋《いき》がうかがわれた。

「千鶴はん、さあ食べながらお話をきかせていただきまひょ。まずうちが、文殊屋の女子やから不都合やというわけを、いうておくれやすか。文殊屋が千鶴はんかその周りのお人に、なんぞ失礼なことでもしていたのやったら、お詫《わ》びせなあきまへんさかい。それに、あとで芝居染みていたと考えられたくありまへんといわはりましたけど、それはどないな意味なんどす」

お高は平静にもどり、千鶴にやさしく問いかけた。

「つい意固地《いこじ》になってしもうて、すんまへん」

千鶴はちらっと目を上げ、お高に詫びた。

「誰にでもそんなことはあるもんどす。それより、謝らなあかんのはうちかもしれまへん」

「いいえ、そんなことは決してありまへん。見ず知らずのうちにお声をかけてくれはり、相談に乗ってあげまひょというていただきながら、ほんまに無作法をしてしまいました。どうぞ堪忍《かんにん》しておくれやす」

「お互い、すんだことをいい合うのは、もうやめまひょ。うちかて年甲斐《としがい》もなく声を荒らげてしまい、千鶴はんにもうしわけありまへんどした」

「とんでもない。文殊屋のお店さまが、うちみたいな小娘にもうしわけないやなんて

——」

二人の隔意《かくい》は、これでやっとほぐれた。

「冷めるといけまへんさかい、さあお汁粉をいただきまひょか」

お高は添え箸を持ち、お椀の蓋を取り上げた。

甘い匂いが、ぷんと鼻にただよった。

千鶴も彼女につづき、添え箸に手をのばした。

「それで千鶴はんは、いくつにならはりますのや」

「へえ、来年には二十どす」

「二十、そうどすか。若いうちは苦労もつきまといますけど、その分、いろんな夢が持ててええもんどすえ。誰にでも一度や二度、大声で泣きたいこともありますわいな。千鶴はんのお父はんは、なにをしてはりますのや」

お高は彼女が流し場で泣いていた理由や、文殊屋の女主だからと拒まれた事情を、もう性急にはたずねなかった。

「うちのお父はんは、井筒屋町の長屋で桶屋をしてます。桶屋いうたかて、小桶を作るだけの職人で、直しの町歩きもしてます」

「まあそうどすか。そういえばあの辺りの長屋から、気の良さそうな桶屋はんが、天秤棒《てんびんぼう》に小桶を下げ、柳馬場通りに出てきはった姿を、たびたび見かけてます。そのお人が、千鶴はんのお父はんやったかもしれまへんなあ」

お汁粉を一口すすり、お高はつぶやいた。

「きっとそうやと思います」

千鶴は、箸でお椀の小餅《こもち》をつまみ上げて答えた。

「そしたらうちの旦那さまにもうし上げ、これから千鶴はんのお父はんから、店で使う桶を買わせていただきまひょか」

「お店さま、それはあきまへん。文殊屋のお店には、ご贔屓にしてはる桶屋はんがいてはるはずどすさかい。その桶屋はんは、文殊屋の仕事を当てにして、生業《なりわい》を立ててはりまっしゃろ。そんな勝手はしていただけしまへん」

千鶴はきっぱりお高のもうし出を断わった。

そんなところに、彼女の潔癖さがうかがわれ、好感が抱《いだ》かれた。

「千鶴はんがいわはるんどしたら、それはやめときまひょ。それでお母はんは、どないしてはるんどす」

「お母はんは去年の秋、風邪をこじらせて死に、いまはお父はんと二人暮しどす。それまでうちは、指物《さしもの》（屋）町《ちょう》の酒屋の枡屋《ますや》に奉公してました。けどお父はんの世話のため、お店から暇をいただいて家にもどり、かたわら仕立て仕事をしてます」

彼女の返事で、お高はふと思案の表情を見せた。

指物町は河原町夷川《かわらまちえびすがわ》上ルにある。ここで店を構える酒屋と、文殊屋の関わりを考えたのだ。しかし枡屋という酒屋は知らなかった。

千鶴はお店さまが文殊屋のお人やからどすと、彼女の誘いを途中で断わり、顔に嫌悪の気配さえただよわせた。

酒屋と料理茶屋。結び付きは考えられるが、文殊屋には取り引きがなく、彼女から嫌われる原因は、そこにはなさそうだった。

「千鶴はん、あんた甘いものが好きやったら、もういっぱいどうえ」

お高は胸で思案しながら、彼女にすすめた。

「へえ、おおきに。そやけどうちはもう十分どす。お店さまのところでは、いまお風呂の普請直しをしてはるんどすなあ」

「はい、そうどすえ。そやさかい明石湯に行かせてもろうてます。それにしても千鶴はんは、どうしてそれを知ってはりますのや。明石湯で、店の女子衆といっしょにでもならはったんどすか」

文殊屋の風呂場は店の奥、母屋《おもや》の一部にあり、表通りからは見えなかった。

店の女子衆から告げられたか、それとも先ほど、自分と明石湯の女主との会話でもきいていなければ、わからないはずであった。

「いいえ、実はよそさまのことどすけど、弥七《やしち》はんから――」

千鶴ははっと気づき、あとの言葉をぐっと飲みこんだ。

お高に気を許し、しまったと悔いる表情が、彼女の顔にはっきり刻まれていた。

「千鶴はん、うちの風呂場の普請直しを、その弥七はんからきかはったんどすな。よその事情をようご存じのその弥七はんとは、いったいどんなお人なんどす」

さすがにお高の口調には、不快がにじんでいた。

「すんまへん。ついうっかり弥七はんの名をいうてしもうて――」

しっかりしているようでも、千鶴はまだ十九歳。自分は弥七のことで悩み、銭湯の流し場で泣いていたのだ。お高の優しさにほだされ、迂闊《うかつ》な言葉を漏らし、その悔いがすぐ顔を硬直させた。

気まずい空気が二人の間にまた流れた。

だがそれをなごませたのは、やはりお高だった。

「千鶴はん、うちはいまの言葉を、咎めるつもりはありまへん。けどその弥七はんというお人については、教えとくれやすか。なぜなら文殊屋の家内《いえうち》の事情を知ってはるお人。こっちもそのお人のことを知ってな、不用心どすさかいなあ。それくらいおわかりどっしゃろ」

もとの表情にもどったとはいえ、お高の語気には、まだ不快がかすかに残されていた。

千鶴は顔を伏せ、黙ったままだった。

後悔をにじませた顔が、さらに硬張《こわば》っていた。

「文殊屋のお店さま、実はうち、その弥七はんが大好きなんどす。弥七はんは丹波《たんば》の篠山《ささやま》の生まれ。最初は西陣《にしじん》へ奉公にきはったんどすけど、料理するのが好きで、織屋の旦那さまの口利きで、木屋町筋の川魚料理屋に奉公替えをしはりました。そやけどここでの奉公は二年、それからつぎつぎ奉公先を替えはり、どこでもお尻が落ち着かしまへん。いまではいっそ江戸に上《のぼ》り、そこで上方《かみがた》料理の腕をふるったらええのやと、腹立ちまぎれにいうてはるんどす」

当時、京料理という言葉はなかった。

京や大坂の料理をひっくるめ、一口に上方料理といっていた。

京の料理茶屋では、清水《きよみず》焼や粟田口《あわたぐち》焼など、洗練された食器こそ用いられていたが、その食器に見合う料理の工夫は、まだなされていなかったのだ。

「お尻が落ち着かへんいうのは、博打《ばくち》か酒、それとも身持ちの悪い癖でも持ってはりますのか」

「いいえ、とんでもない。弥七はんは根っから真面目《まじめ》なお人どす。なかなか落ち着けへんのは、仲間の料理人はんたちからいじわるをされ、仕方なく奉公先を替ってきはっただけどす」

千鶴は弥七を弁護するため、急に顔を上げ、身体を乗り出してきた。

「板場のお人たちに合わせていかれへんのは、困ったことどすなあ」

「弥七はんが悪いのやおへん。弥七はんはいつも料理の勘考《かんこう》をしてはり、それが客受けするため、同じ料理人はんたちから悋気《りんき》されるんどす」

彼女の語気の強さが、お高をたじろがせた。

自分の慕う男が、京に見切りをつけ、江戸に去ってしまう。

千鶴がなぜ銭湯の流し場で泣いていたのか、お高にはだいたいわかりかけてきた。

だが理解できないのは、その弥七が文殊屋の風呂場直しを知っている点だった。

当の弥七は、丹波篠山藩が京の烏丸六角《からすまろつかく》下ルに構える京屋敷の中間《ちゆうげん》部屋に、いま居候《いそうろう》していた。

中間頭《がしら》の九蔵《きゆうぞう》が、かれと従兄弟《いとこ》になるからで、千鶴は奉公していた酒屋の縁から、かれと親しくなり、ひそかに夫婦《めおと》の約束までしていたのだ。

——なぜ料理人の弥七が、文殊屋の家内のことを知っているのか。

お高は十日ほど前、いきなり文殊屋を訪れ、下働きからでもいいから奉公させてくれないかと、飛びこみで頼みにきた男の姿を、不意に思い出した。

「たずねてみたところ、身請人《みうけにん》は確か。けど働き先をつぎつぎ替っているのをきくと、どっか落度がありそうやわ。口入れ屋からの紹介状もないさかいなあ。真面目で律義そうな男やけど、人間、外見だけではわかりまへん。それにどの頭筋《かしらすじ》にも属してへん一匹狼いうのでは、やはりどうにもなりまへんわ」

清左衛門が不審な顔でぼやいていた。

頭筋とは料理人の仲間内《うち》の頭。京には仲間頭が何十人もおり、かれらの差配《さはい》で料理人はどこにでも配された。

頭筋が指図して料理人を一斉に引き揚げさせれば、大店《おおだな》の料理茶屋でも、つぶすのは容易だった。

　文殊屋はこうした横着を嫌い、代々、子飼いにひとしい料理人を雇ってきた。

　清左衛門がぼやいていた男が、千鶴のいう弥七にちがいあるまい。それなら彼女が自分を文殊屋の女主と知り、途中で誘いを断わったのも、またあとで芝居染みていたと考えられたくないといった言葉も、すべて理解できてくる。

　風呂場の普請直しを知っていることもだった。

「千鶴はん、あんたの話をきいてて、うちにはなんやわかったことがあります。その弥七はん、文殊屋に雇ってほしいと頼みにきたお人とちがいますか」

　千鶴が大きく目を見開き、じっとお高の顔を見つめた。

　その両の目からすぐ涙があふれ出し、頬にすっと伝わっていった。

三

　読経《どきょう》の声がきこえてくる。

　六角堂（頂法寺《ちょうほうじ》）からのものであった。

　同寺は池坊立花《いけのぼうりっか》の名でも、また西国三十三所観音霊場の第十八番札所としても知られている。

　六角通りには「巡礼宿《じゅんれいやど》」が軒をつらね、篠山藩京屋敷にも、巡礼たちが唱える御詠歌《ごえいか》がいつもとどいていた。

先ほども白装束《しろしょうぞく》に脚絆《きゃはん》、菅笠《すげがさ》に笈摺《おいずる》姿の巡礼が数人、藩邸の前を通りすぎていった。

篠山藩の藩主は青山下野守《しもつけのかみ》。禄高《ろくだか》は六万石で、京屋敷といってもさほど広くなく、中間長屋は一棟《むね》七戸にすぎなかった。

京留守居役の坂本小左衛門《こざえもん》は、もとは篠山藩領で、納戸《なんど》奉行を勤めていた。かれは執務部屋にひかえさせる中間頭の九蔵が、従兄弟の弥七を中間長屋に居候させているのを、とっくに承知していた。

そればかりか小左衛門は、ときどき弥七を呼んで料理をさせ、舌鼓《したつづみ》をうっているくらいだった。

「なにを煮炊きさせても、あれほど旨《うま》いものを作る弥七を、京の料理茶屋では居づらくさせるとは、どうにもならぬな。わしはいっそ弥七を京藩邸で雇い入れ、藩士たちにも料理を味わわせてやりたいが、食うのがやっとの微禄では、弥七も承知しまいしなあ。だいたいあれは、宮仕えのできる人柄ではなし、いずれ一軒店を持ちたいと考えているのは、わかりきっている。この京ではどこも受け入れられぬ。江戸に上って、上方料理を広めるのだともうすのなら、残念じゃが、いたしかたあるまいよ。それにしても京で働く料理人たちは、心がせまいのう」

温厚な小左衛門は、その世界の狭量《きょうりょう》を嘆いていた。

「それは誰の力でも、なんともできしまへん。弥七の奴《やつ》は、こうなったらもう江戸に上るというてますさかい、お留守居役さま、江戸までの旅手形を、どうぞ書いてやってくんなはれ」

「それはもちろん書いてつかわす。されど剣法の修行にたとえれば、弥七は新しい太刀技《たちわざ》を工夫して、相手を打ち負かす手練《てだれ》。剣法と食べ物のちがいこそあれ、あれほどの男を、ただ黙って江戸に発《た》たせるのもいかがなものかと、わしは思うているわい」

「お留守居役さまはえらく惜しんでくださいますけど、働く先々で仲間はずれにされてたら、弥七もたまりまへんやろ」

「わしが藩の京留守居役として用いる四条西木屋町の鎰富《かぎとみ》でも、弥七は半年ともたなんだ。わしは弥七が料理したものを、鎰富で一度も食うておらぬわい」

「お留守居役さま、弥七がもうしますに、料理人の世界は武家と同じ。上下の関係が厳しく、追い使いから洗い方、焼き方、煮方と順を踏まな、お客はんに出す料理なんか、作らせてもらえへんのやそうどす。この材料をこんなふうに工夫したらどないどっしゃろと、板場頭に進言したかて、大声で怒鳴られて終りやといいます」

「それそれ、その変化を嫌う気風が、弥七を拒んでいるのよ。弥七がこしらえる料理は、茶湯《ちゃのゆ》の席で出される懐石《かいせき》めいたもの。そんな料理で客が満足するはずがないと、料理人たちは端《はな》から決めてかかっているのじゃ」

坂本小左衛門は、ため息をもらして愚痴った。

　懐石は、茶湯の場で茶を飲む前に食べる簡単な料理。懐石とは本来、禅僧が腹をあたためるのに用いた温石《おんじゃく》をいい、その温石と同じように、腹をあたため空腹をしのぐ当座の料理の意味から、懐石料理と名付けられたのである。

会席料理は読みは同じだが、これは数盛りの多い料理の意をふくみ、現在の懐石料理とは全くちがっている。

飲食をともにする会食（饗宴《きょうえん》）は、同族や仲間の結束を固めるのに適しており、会席料理は、この会食から転じた名付けで、大盤振《おおばんぶ》る舞《ま》いの馳走《ちそう》だと考えてもよかろう。

そもそも京の人々の食生活は、土地柄、「西陣の粥腹《かゆばら》、室町《むろまち》の茶漬腹《ちゃづけばら》」といわれるように、ひどく質素だった。

相当な商家でもこれは同様で、旧家に残される「晴れ」の日の定献立を見ても、さほどの料理はなく、精進物《しょうじんもの》で統一されると、それはさらに貧しい感じになった。

食材は豊富だが、実際にはなんの工夫もされておらず、煮炊きしてそのまま皿や鉢に盛り付けられていた。

元禄《げんろく》五（一六九二）年に刊行された『料理切形《きりかた》』などの料理書、また井原西鶴《さいかく》の『万《よろず》の文反古《ふみほうぐ》』や『日本永代蔵《えいたいぐら》』に描かれた分限者《ぶげんしゃ》（金持ち）の食卓などでも、手のこんだ品は少なく、上方料理とはだいたいそんなものだった。

ところが弥七は京にきて、華麗な京焼を見たのと、多彩な食材が各地から運ばれているのを知り、料理に強い関心を抱いたのであった。

きれいな器《うつわ》に、懐石をまねて料理を品よく盛り付ける。

葱《ねぎ》一本でも、なにをどう食べるかによって、切る形を変える。見た目に美しいものは、味にもすぐれていると考えた。

鮎《あゆ》を焼き、長皿に横たえるだけでは、芸がなさすぎる。

弥七は鮎を焼くとき、胴から尾を大きく反らして鉄串を刺し、鰭《ひれ》に多く塩をふって、こんがり焦げ目を付けた。それを、洗った小石を並べた長皿の上に、腹を下にして乗せる。

すると鮎が川底を泳いでいるように見え、見た目にも涼味が感じられた。

青い笹《ささ》の葉を二、三枚それに添えれば、いっそう季節感が増すはずだった。

「てめえ、折角焼いた鮎に、こんないたずらをしよってからに。お客はんに小石を食わせる気かいな」

鎰富の板場頭吉兵衛《きちべえ》には、こう罵倒された。

「わしはそんなつもりで、皿置きをしたわけではありまへん。お客はんに、少しでもすがすがしく感じていただけたら、鮎もおいしく食べてもらえるのではないかと、細工しただけどす」

「これがなんで細工じゃい。こんなんをいたずらというんじゃわい。お客はんがうっかり小石を食うてしまわはったら、どないする気なんじゃ。謝ってすむことではあらへんねんで」

「お客はんは白黒の小石を、すぐ趣向と考えてくれはるにちがいありまへん」

弥七は板場頭に主張したが、吉兵衛は腹の中では弥七の工夫に感心しても、むきになって取り合わなかった。

見馴《みな》れれば自然に思える盛り付けの方法一つにも、頑迷《がんめい》がつきまとっていた。

ましてや食材に手をくわえるのは、論外だった。客がおいしいと感じても、材料はいったいなになのかすぐわからないものは、端から忌まれた。

因《ちなみ》に染物屋は、黒染も紺染も総称して「青屋《あおや》」と呼ばれ、賤視《せんし》されていた。染物は多くが植物の化学変化によって、それぞれの色を発する。

自分たちに理解できない技を持つものは異能者。とにかく差別の対象になったのである。

料理人の世界でも、それは例外ではなかった。

「わしはほかの親方衆からもきいてたけど、ほんまに弥七はけったいな奴やで。鎰富の旦那さまは、篠山藩のお留守居役さまから頼まれ、よう断わらんと雇わはった。そやけどわしに怒鳴りつけられたら、弥七はぷいとやめていきよったがな。わしらもこれでせいせいしたわい。なあ、みんなそうやろ」

ほかの料理人たちは、吉兵衛の言葉に、曖昧《あいまい》な顔と声でうなずいただけであった。

「九蔵、ところで弥七は、いつ江戸に発つつもりなのじゃ」

京留守居役の坂本小左衛門は、中間頭の九蔵にたずねた。

「へい、それが今日明日にでも、発ちたいともうしておりますんで」

「それはいやに性急じゃのう。旅手形は書いてとらせるが、それで弥七は、江戸での落ち着き先を決めているのか。はっきりした落ち着き先がなければ、わしから江戸家老の吉住甚右衛門《じんえもん》さまに、しばらく江戸屋敷の中間部屋の隅にでも置いていただきたいと、特別にお願いいたしてやってもよいぞよ。弥七が料理の名人だと書きそえてなあ」

「ありがたいことでございます。けど弥七は、国許《くにもと》のお城下から江戸に出て、小間物屋を営んでいる佐兵衛という昵懇《じっこん》を、頼るともうしておりました。そやさかい、そのご心配にはおよびまへん。江戸のご家老さまにお願いなど、とんでもないことでございます」

「おまえはさようにもうすが、そうまで遠慮いたす必要はないぞよ。たかが料理とはもうせ、弥七は一芸にひいでた者じゃ。わしはそれなりに遇してやらねばならぬと思うている。江戸におわす殿に、弥七が工夫した料理のあれこれを、食していただきたいとも考えるからじゃ。わしが思うに京の料理屋や板場頭どもが、弥七の工夫に目を止め、これからのありように理解を示せば、京の料理も京振《みやこぶ》りを発揮して、今後、名高くなるはず。弥七の料理を篠山藩の名物料理と喧伝《けんでん》いたす手もあるが、篠山藩はあまりに小藩。それをかなえてやれぬのが残念じゃわい。弥七を江戸に発たせるのは、この京には大魚を大海に逃がすにひとしく、まことに惜しいかぎり。弥七が江戸にまいれば、いずれ江戸で、京風の雅《みやび》た料理がさかんになるのは確実じゃ。いまいましいが、弥七がそうすると決めた以上、わしとてあきらめるしかあるまい。わし一人の思案では、なんともならぬわい」

小左衛門の言葉をきき、九蔵が洟《はなみず》をすすり上げた。

「弥七の奴は、お留守居役さまにそうまで褒めていただき、果報な男でございます。このご恩は決して忘れてはならぬと、もうし伝えておきます」

九蔵は小左衛門に深々と低頭した。

「旅手形はいまより書いてとらせる。合わせて念のため、江戸家老さまに一書をしたためておこう。のちほど取りにまいれ」

小左衛門にいわれ、九蔵は再び両手をついて平伏、執務部屋から退《の》いてきた。

「おい、弥七、弥七はどこにいるのじゃ」

中間部屋にもどりたずねると、渡り中間の市助が、台所のほうを目で示した。

「弥七、なにをしているんやな」

九蔵は広い台所に姿をのぞかせた。

旅仕度をすませた弥七が、台所のあちこちを見て回っていた。

「おまえ、いまお留守居役さまに旅手形をお願いしてきたばかりやというのに、もう旅仕度を終えたのかいな」

「へえ、九蔵の兄貴、わしはお留守居役さまから旅手形をいただいたら、すぐにでも京を発つつもりでいてます」

弥七が台所の隅々まで目を配っているのは、自分が幾度も使った台所の掃除に、欠けたところはないかを、確かめているのは明らかであった。

「お留守居役さまは旅手形だけではなしに、おまえの身を案じてやってほしいと、江戸のご家老さまにも書状をしたためてくださるそうやわ。ありがたいこっちゃ」

「ほんまにありがたいと思うてます」

台所の土間に立つ弥七は、暗い顔で答えた。

「それにしてもおまえ、桶屋の千鶴はんに、十分別れをいうてきたんやろなあ」

「江戸に行き、生業《なりわい》の目処《めど》がついたら、迎えに上洛《じょうらく》すると、三日前に会うて伝えておきました。三年、三年間、この京で待ってほしいと頼んであります」

「江戸にいつ発つとは、いうてへんのかいな」

「そうやろなあ。わしはひっそり発ちとうおす。千鶴はんに見送られたら、未練が出ますさかい」

「そうやろなあ。畜生、好いた者同士が遠く離ればなれになり、二人ともかわいそうじゃわい。弥七、江戸に行って、京の阿呆《あほ》たちを、きっと包丁一本で見返してやるんじゃぞ」

九蔵が悔しそうに力んだとき、中間部屋から市助が、九蔵のお頭と小声で呼んだ。

誰か来客がきた気配だった。

御詠歌がまたかすかにきこえてきた。

四

「わしはお屋敷の中間頭で、九蔵ともうします。弥七ではありまへんけど、どちらさまでございまっしゃろ」

市助から弥七に来客だと告げられ、かれの代りに九蔵が、中間部屋にやってきた。

土間に立つ中年すぎの男女にたずねかけた。

二人は大店の夫婦とみえ、絹物を着ていた。

「あなたさまが中間頭の九蔵はんどすかいな。弥七はんの従兄弟になるときいてますけど」

「へえ、さようでございますが——」

最初に口を切ったのは、文殊屋のお高だった。

「もうしおくれましたが、わたしは柳馬場錦下ルで、料理茶屋を営む文殊屋清左衛門ともうします。これは女房のお高。わたしは一度弥七はんに会うてますけど、今日は二人して改めてお目にかかろうと、参上した次第でございます」

「ははん、あんたさまが文殊屋の旦那。お店で働きたいと頼みにいった弥七を、うさん臭い奴やと、断わらはったお人どすなあ」

文殊屋清左衛門は妻をともない、今更、なんの用で弥七をたずねてきたのだ。

九蔵は少し機嫌の悪い口調でつぶやいた。

「中間頭の九蔵はん、わたしは決して弥七はんをうさん臭い奴やといい、断わったわけではありまへん」

「そうかも知れまへん。けど必死に働き口を探している弥七や、それを心配しているわしみたいな者には、そう受け取れるんどすわ」

「それはすんまへんどした。どうぞ許してくんなはれ」

「謝られる筋合いではございまへん。そやけど弥七の奴が、この篠山藩の京屋敷に居候していることが、どうしておわかりになったのでございます。なんぞ弥七が、不都合でもしてきたのでございましょうか」

急に不安に襲われ、九蔵はへり下り、丁寧な口調に変った。

なにか苦情でもいいにこられたのではないかと案じたのである。

「ご不審はごもっともでございます。実はこのお高がある人から、弥七はんは篠山藩の京屋敷にいてはるときき、こうしてお訪ねしたのでございます」

清左衛門はお高をちらっと眺め、九蔵にいった。

かれは昨夜お高から、銭湯で出会った千鶴の話、すなわち弥七の料理の工夫や、奉公先をつぎつぎ替えた理由などをきかされた。

そして自分を雇ってくれないかと文殊屋にきた弥七に、もう一度会って考えてみようと、お高とともに訪れたのであった。

「お店さまにおたずねいたしますけど、あるお人とはどなたさまでございます」

九蔵はゆったり構えるお高に質問した。

「それは九蔵はん、桶屋の千鶴はんどすわ。九蔵はんも、千鶴はんと弥七はんの仲はご存じどっしゃろ」

「はあ、あの千鶴はん、へえ、よう知っております」

「それで弥七はんは、この中間長屋にまだおいでどすかいな。江戸にお発ちのはずやときましたけど――」

清左衛門が足を進めてたずねた。

「へい、江戸に発つため旅仕度をととのえ、お留守居役さまからもう旅手形をいただくだけになってます」

九蔵は不審をきざんだままの顔で答えた。

「ああ危なかった。一足おくれたら、京から去《い》なはる間際《まぎわ》やったんやわ」

お高がほっとした口調でいい、夫に頰笑《ほおえ》みかけた。

「ところで文殊屋の旦那さまやお店さまは、なんのご用でここにおいでになったのでございます」

「どうするか、まだはっきり決めたわけではありまへん。ただ弥七はんともう一度話し合いたいと思い、急いでやってきたんどす。場合によれば、文殊屋で働いていただいてもええと考えてます」

夫の清左衛門より、お高のほうが積極的であった。

「それはそれは、旦那さまとお店さまが、わざわざ弥七の奴に会いにきてくれはるとは、ありがたいことでございます。あれもさぞかしよろこびまっしゃろ。すぐここに呼びますさかい、ちょっと待っててておくれやす」

九蔵が立ち上がりかけたとき、板戸のむこうから、弥七が旅姿で現われた。

かれはすでに手甲《てっこう》・脚絆をつけていた。

「弥七はん、わたしはこの間お会いした文殊屋の清左衛門どす。おぼえていてくれはりますやろか」

「へえ、あの折には失礼いたしました」

弥七は両膝をつき、かれに低い声で挨拶を返した。

「弥七、文殊屋の旦那さまとお店さまが、千鶴はんから話をきき、おまえをお店に雇うのを考えたろといわはり、こうしてきてくれはったそうなんやわ。おまえにもいろいろ、心に決めたことがあるやろうけど、ここでもう一度、江戸に発つのを考え直したらどないや。これは願ってもない結構な機会とちゃうか——」

かれはぶすっとした顔の弥七に、再考をうながした。

「文殊屋の旦那さまにお店さま、千鶴はんとどうした経緯《いきさつ》で出会わはったか存じまへん。けどわしを雇うのを勘考したろというてくだされ、ほんまにありがとうございます。わしもこの京で働けるのであれば、それに越したことはございまへん」

「わたしも料理茶屋の主どすさかい、京中の板場頭たちから、弥七はんが妙な料理人やといわれている噂《うわさ》は、思い返せば、少々耳にしたおぼえがございます。たったいま江戸に着いたつもりで、その格好のまま、文殊屋の店にきておくれやすか。そこでなにか一つ、得意な料理をこしらえて、わたしに食べさせてくんなはれ。あれこれ料理を工夫おしやすときいてますさかい、今日はとびっきりのものを作っていただかななりまへん」

清左衛門はにこやかな顔で弥七をうながした。

半刻《はんとき》（約一時間）ほどあと、弥七は文殊屋の調理場に立っていた。

店の表に、暖簾はまだかけられていなかった。

調理場では、主の清左衛門のほか店の板場たちが三人、お仕着《しき》せに着替え、蕪《かぶら》の皮をむく弥七の手許をじっと見つめていた。

「わしが考えた蕪蒸しという料理を作らせていただきます。茶碗蒸《ちゃわんむ》しに似たもんどすさかい、どなたさまか一通りの準備を、手伝っておくんなはれ」

かれの指図にしたがい、蒸籠《せいろ》が用意され、下働きの小僧が、竈《かまど》に火を入れた。

皮をむかれた蕪は、下ろし金ですりおろされ、布巾《ふきん》で余分な水分が取りのぞかれた。

「卵を三つほどおくれやすか」

「銀杏《ぎんなん》はございまっしゃろか――」

「鯛《たい》かそれに似た白身の魚がございましたら、出しておくれやす」

弥七はあれこれつぎつぎに頼んだ。

卵は割られ、黄身がのぞかれて白身だけにされ、鉢でほぐされた。

その中に、余分な水気を抜かれた蕪が入れられた。

一方、蒸し碗の底に、一口くらいに小さく切られた鯛が、いくつか並べられた。

鉢の蕪に、銀杏とありあわせの百合根《ゆりね》をくわえて混ぜ、弥七は鯛を並べた蒸し碗に、それを菜箸《さいばし》で取り分けた。

「なるほど、鯛を蒸し碗の底に敷いたんは、火の通りを考えてなんやな」

文殊屋の板場頭の定吉が、感心した声でほかの板場に説明した。

「これを蒸籠で蒸しておくれやす」

「ほいきた。なにができるかわからへんけど、蒸し上げてみようやないか」

定吉は目をかがやかせ、自ら手伝いをはじめた。

蒸し碗に蓋がかぶせられ、蒸籠に入れられた。

「葛《くず》で垂《た》れを作りますさかい、昆布とかつおで出しを引かせていただきます」

弥七の手際はなかなかのものだった。

やがて蒸籠から湯気が噴き出してきた。

「手のこんだ料理みたいやけど、考えてみたら、素人《しろうと》でもできそうやなあ」

板場職人の一人が、楽しげな顔でつぶやいた。

「すりおろした蕪のつなぎに、卵の白身かいな。これはまいったわい」

ほかの一人も感嘆の声を放った。

「そろそろ蒸し上がったはずどすさかい、竈の火を落しておくれやす」

蒸籠を竈からはずして蓋を取り、蒸し碗を濡れ布巾でつかみ出し、調理台の上に並べた。

そして薄く醤油《しょうゆ》で味付けされた葛垂れが、白く蒸し上がった蕪の上にかけられた。

「これが蕪蒸しでございます。どうぞ味見しておくれやす」

弥七はまず板場頭の定吉にすすめ、つぎに清左衛門とお高夫婦をうながした。

料理人としては無頼《ぶらい》。ひとり狼としてやってきたかれの工夫が、いま真正面から人に確かめられようとしている。

堅く閉じられていた木戸が、ようやく開いた感じであった。

「ひとつ食べさせてもらお――」

定吉は木作りの手受《てう》けに蒸し碗を乗せ、中の蒸しものを箸で口に運んだ。

「おや、これは旨いがな。百合根と銀杏、色の取り合わせもよく、鯛の味もほどほどに染みてる。この料理をお客はんに出したら、なにで作られてるか、すぐにはおわかりでないやろなあ。味は上品で見た目もきれいやわ。清左衛門の旦那、これはいけてまっせ――」

蒸し碗から箸で鯛の身をつまんでいた清左衛門も、顔を上げ、にっこりうなずいた。

「文殊屋の旦那さまにお店さま、それに板場頭、夏になったらこれを胡瓜《きゆうり》で作ります。胡瓜の色をそこねんよう、醬油の代りに塩で味付けした銀垂《ぎんだ》れをかけます。冷やしてお客はんにお出ししたら、涼しく感じられ、きっとよろこんでもらえるはずどす。妙な物ばっかり作る奴やとお思いかも知れまへん。けど京の料理を大坂といっしょくたにして、雑な上方料理にしてはあきまへん。わしは京料理といわれるものを作り上げたいだけどす。どうぞ雇ってくんなはれ。下働きからさせていただきますさかい――」

弥七は前掛けをはずし、それを両手で握りしめ、深々と頭を下げた。

千鶴の笑顔が鮮やかに胸をかすめた。

母子草

篠綾子

篠 綾子　しの・あやこ

一九七一年、埼玉県生まれ。東京学芸大学卒。第四回健友館文学賞受賞作『春の夜の夢のごとく―新平家公達草紙』でデビュー。短篇「虚空の花」で第十二回九州さが大衆文学賞佳作受賞。主な著書に『義経と郷姫―悲恋柚香菊河越御前物語』『山内一豊と千代』『浅井三姉妹―江姫繚乱』『蒼龍の星』『女人謙信』『武蔵野燃ゆ―比企・畠山・河越氏の興亡』、「藤原定家●謎合秘帖」シリーズ、「更紗屋おりん雛形帖」シリーズ、「代筆屋おいち」シリーズ(小社刊)など。

一

初春の夜風が甘い香りを含んでいる。

駒込《こまごめ》の菓子屋「照月堂《しょうげつどう》」の店前で、亀次郎《かめじろう》は深く息を吸い込んだ。一月十日、春の花が咲き始めるにはまだ早いが、この時節の草木は甘い香《か》を漂わせる。

亀次郎は両腕を上げて、うんと伸びをした。

今日はずっと書物をめくり続けていて、心身共に疲れていた。たった一日のこととはいえ、調理場から離れていると、無性に菓子を作りたくなる。調理場の喧騒《けんそう》、小豆《あずき》をゆでるにおい、餡《あん》を煉《ね》り込んだ後の心地よい疲れ——それらが恋しくてならない。

亀次郎は踵《きびす》を返して戸を閉めると、もう誰もいないはずの調理場へ向かった。

亀次郎は照月堂の主人久兵衛《きゅうべえ》の息子で、今年十七歳になった。今では照月堂の菓子作りを担う職人の一人だ。いつもなら奉公人たちと一緒に調理場に立つのだが、今日はそうしなかった。ある競い合いのための菓子作りを、父久兵衛から命じられたためである——。

亀次郎と番頭の太助《たすけ》が、脚気《かっけ》のため療養中である久兵衛の部屋へ呼ばれたのは、この日の朝のことであった。

「実は、美濃守《みののかみ》さまのお屋敷から、大事なご注文を承《うけたまわ》った」

久兵衛は亀次郎と太助が座るのを待って告げた。

布団の上に起き直り、羽織をかけた久兵衛の顔色は、少し蒼白《あおじろ》い。だが、顎《あご》の張った四角くがっしりした顔は肉が落ちることもなく、厳格な雰囲気は壮健な頃と変わらなかった。

「美濃守さまから……？」

呟《つぶや》いた亀次郎を、久兵衛はじろりと威圧するような目で見た。そんな父を温かみに欠けた親だと恨みながらも、その父に認められたいという気持ちが、常に亀次郎を離さない。

「美濃守さまが駒込のお屋敷を改築なさっていたのは知っているな」

「それはもう」

美濃守とは昨年の元禄《げんろく》十四（一七〇一）年十一月、出羽守《でわのかみ》から美濃守にうつった柳沢保明《やすあきら》のことである。この時、保明は将軍徳川綱吉《つなよし》の偏諱《へんき》を賜《たまわ》り、吉保《よしやす》と名乗ることになった。

六年ほど前、吉保は駒込に屋敷を賜ったのだが、その改築が間もなく成る。庭造りの指揮を任されていたのは、幕府歌学方《ばくふかがくかた》の職にある歌人の北村季吟《きぎん》であった。

「お屋敷の改築が成ったことを祝して、美濃守さまが内輪の茶会を催されるらしい。それで、北村さまがその茶会の手配をなさることになった」

「その茶会の菓子を、照月堂に頼んでくださったのですね」

柳沢家は照月堂の得意先の一つである。だが、亀次郎の言葉に、久兵衛は難しい顔で首を横に振った。

「うちの店はお心当たりの一つだ」

「他にも、お心当たりの店があるということですか」

亀次郎は身を乗り出すようにして尋ねた。

「本郷《ほんごう》の辰巳屋《たつみや》だ」

そう告げた時の久兵衛の声が、その時だけかすかに掠《かす》れた。傍らに座す太助も息を呑《の》んだようだ。

「たつみや……」

驚きというより、何か重石《おもし》を頭の上に載せられたような感覚に、亀次郎は襲われた。

辰巳屋は庶民相手の小さな菓子屋で、武家や豪商相手の照月堂とは客層が異なる。

だが、辰巳屋は照月堂が無視できない店であった。五年前、家を飛び出した亀次郎の兄郁太郎《いくたろう》が、そこで職人として働いていたからだ。

照月堂も亀次郎の祖父市兵衛《いちべえ》の頃は、庶民相手の菓子を作っていたが、久兵衛の代になって、本格的な京菓子の店に転向した。京で修業した久兵衛は、塩入りの餡で作った餅《もち》や団子に替えて、唐三盆《とうさんぼん》（輸入砂糖）入りの餡を用いた饅頭《まんじゆう》や葛《くず》菓子を作った。

折しも、時は元禄時代――。

上方《かみがた》の豪商たちによって生み出された華やかな文化の香りは、江戸にも伝わり、上方への憧れを江戸っ子たちに植え付けた。

照月堂の作る京菓子はしだいにもてはやされ、大名家や旗本家からも注文を受けるようになった。

そして、久兵衛は所帯を持ち、最初の妻よし江との間に郁太郎を、その死後、後添いとしたおまさとの間に亀次郎を儲《もう》けた。郁太郎も亀次郎も十歳の時から、菓子職人として久兵衛の手ほどきを受けたが、郁太郎は五年前に家を出、二年前にはおまさも逝った。

それから間もなく、久兵衛も脚気に倒れたが、今もなお、店の采配は久兵衛が握っている。そして、久兵衛はもはや家には亀次郎しかいないというのに、いまだに照月堂の跡取りを決めようとしなかった。

（お父《と》っつぁんはまだ、兄さんが戻ってくるのをあきらめきれないんだ）

亀次郎には、そのことが分かっていた。

庶民相手に細々と商いをしていた辰巳屋は、郁太郎が身を寄せてから、みるみる頭角を現した。商うのは安い菓子ばかりだが、次々に新作を出し、それが江戸っ子たちの評判をさらった。

やがて、噂《うわさ》を聞きつけた武家屋敷から、辰巳屋に茶席の菓子の注文が入るようになる。しかし、辰巳屋はそういう高級菓子は作らず、そのこともまた、江戸っ子たちには評判高い。そのすべてが郁太郎の功績だった。

「辰巳屋は茶会の菓子など作っていないでしょう。それなのに、どうして美濃守さまは辰巳屋などに……」

亀次郎がやっと気を取り直して呟いたのに対し、

「辰巳屋はいったん断ったらしいが、お屋敷の方では辰巳屋の評判を聞き、どうしてももうちと競わせてみたいとお思いになったようだ」

と、久兵衛は淡々と述べた。

もしかしたら、柳沢家では郁太郎の素性を調べたのか。照月堂と辰巳屋の確執を知った上で、両者を競わせ、より優れた菓子を供させようというつもりか。

「今月の二十日、その菓子をお届けすることになった」

久兵衛の言葉が終わらぬうちから、亀次郎は奥歯を噛《か》み締めていた。

辰巳屋が断ったというのも、柳沢家でそれを受け容《い》れなかったというのも、亀次郎は気に食わない。

照月堂にとって何よりありがたい柳沢家の注文を、あっさり断った辰巳屋、その無礼をとがめるでもなく、なおも未練がましく追いかける柳沢家――。そして、この競い合いを父が受けたのも、郁太郎に未練があるからではないのか。

「亀坊ちゃん、やりましょう」

それまで無言で控えていた太助が、いつになく力のこもった口ぶりで言った。

「勝てばいいんですよ」

と太助は言うが、相手があの兄郁太郎だと思うだけで、亀次郎はまるで幼子のように心がすくみそうになる。

「美濃守さまの御注文を、他の店に取られるわけにはいきません」

「あ、ああ」

己を奮い立たせるようにしながらうなずいた時、父から「亀次郎」と呼ばれた。

「競い合いに出す菓子は、お前が一人で作ってみろ」

「えっ、俺が一人で――?」

茫然《ぼうぜん》と呟きながら、亀次郎は我知らず身震いするのを止められなかった。

「なら、亀坊ちゃんは競い合いの日までは、その菓子作りに勤《いそ》しんでください。手代や小僧で必要なもんがいたら、出来る限り融通もしましょう」

太助も力強い口ぶりで、亀次郎を援護した。

父久兵衛の力強い眼差《まなざ》しも射るように亀次郎に注がれている。父に腕前を認めてもらい、跡取りに名指ししてもらう絶好の機会であった。

(俺は絶対に、兄さんには負けないっ!)

亀次郎は膝の上の拳を握り締めて、心に誓った。身震いはいつの間にか収まっていた。

二

兄の郁太郎が自分とは異なる才の持ち主だと、亀次郎が気づくのに、それほど長い暇《いとま》はかからなかった。

菓子は人の感覚のすべてで感じ取るものだという。見、聴き、嗅ぎ、舌で触れて味わう

——それらすべてが交わった上に、心に感じ入る菓子がある。郁太郎も亀次郎も父からそう習った。

とはいえ、習い立ての若造がそのすべてに心を配ることはできない。

まずは、「見る菓子」と「味のよい菓子」——この二つに留意しろ、と——。

その両者のうち、郁太郎が特に勝《まさ》っていたのは「見る菓子」を作ることであった。味においては、さほど遜色《そんしょく》ないと亀次郎も自負している。

だが、郁太郎は吉野羹《よしのかん》でも葛饅頭でも、美味なだけでなく美しいものを作った。誰からも教えられないのに、吉野羹の中に餡を固めた小さな花を入れ、その繊細な出来栄えに父久兵衛をうならせたこともあった。下手《へた》をすると白っぽくなってしまう葛の透明感を出す技にも優れていた。

「うわあ……」

同い年の小僧富吉《とみきち》と一緒に、郁太郎の作った吉野羹を初めて見た日の感動は忘れられない。亀次郎が九歳、郁太郎は菓子作りを習い始めてわずか二年、十二歳のことであった。

「梅の花が閉じ込められてる……」

うっとりした眼差しで、富吉が手を伸ばすと、

「これは、俺の兄さんが作った菓子だぞ」

亀次郎は急いで吉野羹を取り上げ、富吉を睨《にら》みつけた。

すでに二親《ふたおや》を亡くした富吉は、天涯孤独の身の上である。幼い頃から照月堂で働く富吉

を、いつもは兄弟同然と思っているのに、この時は兄も菓子も独り占めしたかった。

「こら！」

郁太郎は亀次郎の頭をこつんと叩《たた》いた。

「富吉は俺たちの兄弟みたいなもんだろ。そんな言い方をするもんじゃない」

「だけど、こんなきれいな菓子、すぐに食べちゃうなんて、もったいないじゃないか」

亀次郎はむきになって言い返した。

「莫迦《ばか》だなあ、亀次郎は。菓子は食べるためにあるもんだろ。これは、お前たち二人にあげたんだから、半分ずつ食べるといい」

郁太郎は穏やかな笑顔を向けて言った。すると、騒ぎを聞きつけたらしい母のおまさが縁側に出てきた。手にした皿には、吉野羹と草餅が載せられている。

「あっ、おっ母《か》さん。今日のおやつは草餅なんだね」

郁太郎が弾んだ声を上げた。

八つ時になると、おまさは兄弟と富吉に菓子を出してくれる。団子や葛きりなど、おまさの手作りの菓子だが、蓬《よもぎ》が手に入る季節には草餅をよく作ってくれた。

この草餅をあげるから、吉野羹は半分で我慢しろ——そう言われるのを予測して、亀次郎は不服そうに下を向いた。だが、おまさの口から出て来たのは別の言葉だった。

「しようがないねえ。兄さんの吉野羹は富吉におやり。亀次郎にはおっ母さんがもらったのをあげるから——」

「えっ。それは、おっ母さんに食べてもらいたくて作ったのに……」

郁太郎が驚いた顔をおまさに向け、それから残念そうに目を落とした。おまさはふふっと微笑《ほほえ》んだ。

「おっ母さんはもうたっぷり、目で味わわせてもらったよ。お前がこんなにきれいなお菓子を作るなんてねえ。さすがに、お父っつぁんの子だねえ」

おまさは心から誇らしげに言うと、郁太郎には草餅を勧めた。郁太郎はぱっと笑顔になると、勢いよく母の草餅を口に入れた。

「おっ母さんの草餅はいつもおいしいね」

小豆を煮て潰《つぶ》し、そこに塩を入れただけの素朴な草餅を頬張《ほおば》りながら、郁太郎は言った。

「そうかい。お父っつぁんが作る餡とは、比べものにならないだろうけどね」

「お父っつぁんが作る餡が甘くて美味《うま》いのは、唐三盆を使ってるからだ。おいらは、おっ母さんの作る餡の方がずっと好きだ」

むきになって言う郁太郎の眼差しは、真剣そのものだった。亀次郎は何となく落ち着かない気持ちになって、

「そうかなあ。餡はやっぱり唐三盆の方が美味《おい》しいよ」

と、横から口を挟んだ。そんな亀次郎に、母も兄ももう何も言い返さなかった。

傍らでは、富吉が「うまい、うまい」と言いながら、吉野羹を平らげていた。だが、亀次郎は翌日まで食べることができず、その夜は枕許《まくらもと》に置いて眺めながら寝た——。

兄の郁太郎と腹違いだということを、亀次郎が知ったのは、郁太郎が家を出た直後のことであった。

「あたしに何も言わずに家を出るなんて……。やっぱり、あたしが産みの母親でないからなんでしょうか」

父の前で泣き崩れる母の声を、亀次郎は部屋の外で聞いてしまった。父は母の言葉を否定しなかった。

「あいつは俺の菓子作りにはついていけんと言って、家を出たのだ。もう郁太郎のことは忘れろ。初めからいなかったもんと思えばいい」

「いなかったと思うなんて、あたしにはできませんよ。お前さんだって、郁太郎を跡取りにって思ってたんでしょう?」

母は訴えるように言ったが、父はもう何も言わなかった。久兵衛は、自分に背を向けて家を出た息子を、力ずくでも連れ戻すというような父親ではなかった。

そんな久兵衛に代わって、おまさは郁太郎を探し続けた。十五歳の子供が家を出て行ったとしても、江戸の内から外へ出ることはないだろう。また、どこかへ身を寄せるにしても、身につけた手業《てわざ》を生かすとすれば菓子屋である見込みが高い。おまさは江戸中の菓子屋をめぐり続けた。

その読みは外れず、やがて、郁太郎は本郷の辰巳屋にいることが分かった。

それから、おまさは幾度も辰巳屋に足を運んだ。郁太郎を連れ戻そうとするおまさの努力に対し、久兵衛は見て見ぬふりをしていた。その一方で、亀次郎に対しては厳しい修業を強いるようになった。

忙しくなった亀次郎に代わり、おまさの供をしたのはいつも富吉だった。

そんなある日、辰巳屋から戻ってきたおまさの顔は、ひどく疲れて見えた。

「おっ母さん、今日は初めて吉野羹を一人で作らせてもらったんだ」

母を力づけたくて、亀次郎は自作の吉野羹を母に披露した。

本当は初めてではない。初めて作った吉野羹は、人には見せられない失敗作だった。それでも、何度も作り直し、ようやく母に見せられる程度のものを作った。

火脹《ひぶく》れの指を隠して差し出した吉野羹は、兄の吉野羹とは比べものにならない。それでも、母ならば笑顔で食べてくれると、亀次郎は信じていた。たとえ「さすがはお父っつぁんの子だ」とは言ってもらえなくとも——。

だが、この時の母は違っていた。虚《うつ》ろな目を亀次郎の吉野羹に向けると、

「ごめんよ。おっ母さん、ちょいと疲れちまって、今はものが喉を通りそうにないんだ」

と言い置き、奥へ行ってしまったのだ。

吉野羹を手に茫然と佇《たたず》む亀次郎に、おずおずと事情を話してくれたのは富吉だった。

この日、おまさは郁太郎に、いつになく真剣に訴えたという。

「身内がばらばらでいいはずないんだよ。ねえ、郁太郎。もう一度、身内として、お父っ

つぁんともおっ母さんともちゃんとやり直そう」

だが、郁太郎は涙ぐみながらも、首を横に振るばかりだった。

「おいらは、お父っつぁんと同じような職人にはなれないよ。誰でもたやすく口に入る菓子を作りたいんだ。おっ母さんが作ってくれたみたいな……」

そう言った後、もうここへは来ないでくれと、郁太郎はおまさに告げた。それから、

「これ、おいらが作った草餅なんだ」

最後に、郁太郎は草餅を差し出した。だが、おまさは手を出さず、しばらくの間、郁太郎の草餅をじっと見つめるだけだった。

「……それは、食べられないよ」

ややあってから、おまさは小さな声で言った。

そして、もうそれ以上は郁太郎を説得しようとせず、辰巳屋を後にしたのであった。

(おっ母さんは、兄さんの草餅を本当は食べたかったんだ)

だが、照月堂のおかみとして、それを断った。

だから、亀次郎の吉野羹も断るというのだろうか。郁太郎の母として——。

亀次郎は手にした吉野羹に目を落とした。美しい花の形など、中に閉じ込めることはできなかった。もはや花の原形など留《とど》めていない餡が、白っぽい葛を通して見える。

亀次郎は突然、それをつかみ取ると、ぐしゃりと握りつぶして調理場の床に叩きつけた。富吉の息を呑む音と、べちゃりと葛が床に当たる音が虚《むな》しく聴こえた。

（兄さんは逃げたんだ！　腹違いの俺と血のつながらないおっ母さんから――）

菓子職人として、父と違う道を進みたいというのは、体《てい》のいい言い訳にしか思えなかった。郁太郎と亀次郎はいずれ、照月堂の跡取りの座をめぐって争うことになる。その時、おまさは腹を痛めた亀次郎を跡取りにしたいと望むはず――そう思い込んだ郁太郎は、自分が傷つくことからも、また亀次郎を傷つけることからも、逃げ出したのだ。

正々堂々と戦って、亀次郎が勝てるのならいい。だが、

（俺はどうあっても、兄さんには敵《かな》わない――）

亀次郎は初めて兄を妬《ねた》ましいと思った。

その後、おまさが辰巳屋へ足を運ぶことはなくなった。そして三年後、病に倒れた。

「兄さんの作った草餅を買って来ようか」

口先まで出かかった言葉を、亀次郎はどうしても言えなかった。そして、もう一つ、

「俺の作った吉野羹、おっ母さんに食べてほしいんだ」

その言葉も口から出すことはできなかった。

結局、おまさは郁太郎の草餅も、亀次郎の吉野羹も食べずに逝った――。

そのおまさの葬儀の日、三年ぶりに戻って来た郁太郎は、墓前に供えてほしいと草餅を携えてきた。

「お前のことはもうとっくに勘当した。おまさの墓前に参ることは許さんっ！」

久兵衛は郁太郎を許さなかった。それまでの経緯《いきさつ》を考えれば、久兵衛がそう言うのは当

たり前だった。

だが、亀次郎が執《と》り成《な》すことはできたはずだ。番頭の太助や富吉がひそかにそう願っていることは知っていた。そして、何より死んだおまさが、誰よりそれを望んでいたことも――。それを分かっていながら、亀次郎は執り成さなかった。それどころか、

「お父っつぁんがああ言ってます。これは持ち帰ってください」

父以上の冷たい口ぶりで、亀次郎は郁太郎に言い、竹皮に包んだ草餅を突っ返したのであった。郁太郎の目が驚愕《きょうがく》と深い悲しみに染まった。草餅の包みを抱えながら、背を丸めて去る兄の後ろ姿から、亀次郎は無理やり目を背けた。

三

柳沢吉保が駒込の屋敷改築を、歌人の北村季吟に任せたのには確かな理由がある。

和歌に造詣が深い吉保は、屋敷の庭に壮大な和歌の世界観として「六義《むくさ》」を表そうとしたのであった。六義とは、紀貫之《きのつらゆき》が『古今和歌集仮名序《かなじょ》』の中で、和歌を漢詩に倣《なら》って分類したもので、「たとえ歌」「いわい歌」などがある。

この「六義」が柳沢家屋敷の肝ならば、屋敷の改築が成った祝いの茶席での菓子もまた、和歌にちなんだものがいいと、亀次郎は考えた。

菓子の中には、和歌から名を採られたものも決して少なくない。

たとえば「最中《もなか》の月」（もなか）は「水の面《おも》に照る月なみを数ふれば今宵ぞ秋の最中なりける」という源順《みなもとのしたごう》の歌からきている。ちなみに、「照月堂」の名もこの歌から祖父が採ったと聞く。だが、最中の月を出すだけで、北村季吟の心を動かすことはできないだろう。味は無論だが、趣向、見た目ともに優れたものでなければ――。

文字ばかりを追うことに疲れた亀次郎は、夜気を吸った後、調理場へ赴いた。

最中の月にしろ、餅にしろ饅頭にしろ、餡を使うことになる。どの豆を使うのがよいか。唐三盆の塩梅《あんばい》は――。煉り具合は――。

その時、ふと亀次郎の目は棚の隅に置かれた白い袋に留まった。紐《ひも》をほどいてみると、中に入っていたのは葛粉《くずこ》であった。触ってみると、さらさらした良質なものである。吉野産のものであろう。

葛といえば、すぐに葛きりが思い浮かぶが、これは夏の季節で、春の早い時節には焼き葛が多く出る。それから、葛饅頭、葛練り、吉野羹などが店頭を賑《にぎ》わすようになる。

今度の競い合いに、葛を使うのはどうだろうか。とはいえ、美しい吉野羹を作るのは、郁太郎の得意技だ。

（もし、この俺が吉野羹で兄さんの技を超えられたなら、俺が跡取りになったって――）

そう思いながら、胸を膨らませた時、

「亀次郎さん、ここにいたんですか」

富吉の大きな声が、亀次郎の耳を打った。

富吉は亀次郎の依頼で、一日中、柳沢家の屋敷や北村季吟について調べるため、外を駆けずり回っていたのである。

「お屋敷の中のことが少し分かりましたよ」

富吉はもったいをつけるように言った後、

「お庭には、見事な枝垂《しだ》れ桜が植えてあって、それが何よりの見せ所らしいです」

と、早口で報告した。

「そうか。枝垂れ桜か……」

競い合いは一月二十日だから、桜の季節にはまだ早い。だが、柳沢家が茶会を催すのはその後である。枝垂れ桜が見せ所ならば、その時節に客を招かぬはずがない。

それに、菓子も着物と同じで、季節を先取りする方が粋《いき》というものであろう。

「よし、それなら枝垂れ桜の菓子を作るぞ」

心の中だけで言ったつもりだったが、知らぬうちに口にも出していたらしい。

「枝垂れ桜の菓子ですか。美味そうですねえ」

どんな想像をめぐらしているのか、富吉は唾《つば》をごくりと飲んだ。

「まだ何を作るかさえ決めてねえよ」

わざと伝法《でんぽう》な口ぶりで言い返すと、

「えっ。葛きりじゃないんですか」

富吉が鳩《はと》のように真ん丸の目玉を亀次郎に向けて訊《き》いた。

「葛きり……かあ」

ふと、亡き母が作ってくれた葛きりの、冷たく滑らかな感触が、舌と喉によみがえった。

亀次郎は母が作ってくれる菓子の中では、草餅より葛きりの方が好きだった。

つと、富吉と目が合った。互いに同じことを考えていることはすぐに分かった。

「葛きり、食いたくないか」

亀次郎が問うと、「えっ、作ってくれるんですか」と、間髪を入れずに富吉が言う。

「莫迦《ばか》。俺たち二人で作るんだよ」

亀次郎は口をとがらせて言い返した。

それから二人は夜中の調理場で、葛きりを作り始めた。亀次郎が葛を煮溶かし、蜜は水飴を使って富吉が作った。

葛の色の変化に注意しながら、鍋をかき混ぜるのに没頭している間は、競い合いのことも忘れていられた。だが、透明に澄んだ葛を容器に入れ、井戸水で冷やす段取りをつけてしまうと、再びもやもやした不安や焦りが頭をもたげてくる。それが伝わったのか、

「亀次郎さん、ほんとに郁太郎さんと勝負するんですか」

と、突然、富吉が尋ねてきた。その眼差しは亀次郎を気遣うように揺れている。

「何を今さら――」

亀次郎はぷいと横を向いた。富吉が何を案じているのか、亀次郎にも分かった。亀次郎が競い合いに敗れ、傷つくのを心配しているのだ。

富吉はきまり悪そうに立ち上がると、葛の具合を見てくると言って、裏庭の方へ出ていった。戻ってきた時、その手には長方形の器《うつわ》が抱えられていた。

亀次郎も気持ちを立て直すと、まな板と庖丁《ほうちょう》を用意した。

器から固まった葛をまな板の上にそっと移し、庖丁を入れてゆく。半透明の細長い糸のような葛きりが出来上がった。

「枝垂れ桜というなら、水飴に色をつけた方がいいかな」

「いっそのこと、葛きりの方に食紅を入れたらどうですか」

ただ葛きりが食べたくて始めたことだが、つい競い合いの菓子作りに考えをめぐらせてしまう。ただ先ほどと異なり、菓子作りの着想を語り合うのは純粋に楽しかった。

そして最後に、竹筒《たけづつ》の器に葛きりを盛りつけていると、台所の入口に人の気配がした。

「あっ、番頭さん」

富吉が先に気づいて直立不動になる。

番頭の太助は通いなので家は店の外にあるのだが、こんなに遅くまで店に残っていたらしい。太助は亀次郎の手の動きに目を留めると、

「それは、美濃守さまのお屋敷に出す菓子にはなりませんな」

「どうしてですか。枝垂れ桜のような葛きりなんて、誰も作ったことありませんよ」

太助の言葉に、富吉がむきになって言い返した。

「競い合いの菓子は、茶席用の菓子ですぞ」

「あっ……」

確かに葛きりをそのまま出すのでは茶席の菓子にはならない。枝垂れ桜の形を表すのに、葛きりは最適な菓子なのだが……。内心、そう考えていると、

「菓銘《かめい》は決まりましたか」

と、太助が尋ねてきた。菓銘とは菓子の名付けのことである。

「枝垂れ桜じゃいけないのか」

「それでは、何の面白みもありませんな」

太助はいつになく厳しい声で言い捨てた。

「たとえば、『唐衣《からころも》』という菓子は、杜若《かきつばた》の花の形をしています。これは『唐衣着つつなれにし妻しあればはるばるきぬる旅をしぞ思ふ』という在原業平《ありわらのなりひら》公のお歌を踏まえたもの。句の頭《かしら》の言葉をつなげると『かきつばた』になることからです」

菓銘とは、奥行きのある物語や世界が広がるものでなければならない――太助はそう言いたいのだ。亀次郎は奥歯を嚙み締めた。

「葛きりは使えませんが、葛を使うのは悪くないと思いますよ」

亀次郎の方を見ずに、太助はさりげなく言った。葛焼き、葛饅頭、吉野羹などの菓子が即座に浮かぶ。塞《ふさ》ぎかけていた心に、ふっと風穴が空いた。

一緒に葛きりを食べないかという亀次郎の誘いを断り、

「競い合いの菓子は、しっかり味見させていただきますよ」

と言い残して、太助が去った後、亀次郎は富吉と二人で葛きりを食べた。

「亀次郎さんなら勝てますよ、きっと」

富吉はそう言ってから、脇目もふらずに葛きりをすすった。

「ありがと……な」

そう答えてから、亀次郎も葛きりを口にした。たっぷりと蜜をかけた細長い葛が、冷たく舌を刺激する。ゆっくりと噛み締めた後、飲み込むと、滑らかな心地よい感触がつるりと喉を滑り落ちていった。

四

表面に桜の塩漬けを押しつけた葛焼き、桜の花の形にした葛練り、中に桜の塩漬けを入れ込んだ吉野羹——。

亀次郎は桜を模《かたど》った菓子を作り続けたが、結局、すべて捨てた。

それらは、桜の菓子であって、枝垂れ桜の菓子ではない。やはり、薄紅色の雨を降らせるような枝垂れ桜の繊細な美しさを、何とかして菓子の形で表したい。

さらに、あの控えめで慎ましい桜の香りを、味で表現できれば——。唐三盆の甘さを郁太郎は好まなかったが、舌の肥えた武家や茶人にはやはり唐三盆は欠かせない。亀次郎は唐三盆の量を調整することで、それを表したかった。

歌集を読み漁《あさ》り、菓子の名前も考え続けた。桜を詠んだ歌は数多くあるが、その中に「糸桜」という言葉があることを亀次郎は知った。

春くれば糸鹿《いとか》の山の糸桜　風に乱れて花ぞ散りける

鎌倉幕府の三代将軍でもあった源実朝《さねとも》の歌である。

春の訪れと共に糸のような枝垂れ桜が咲き、風に乱れて舞い散ってしまう——目を閉じると、まだ見ぬ柳沢家の枝垂れ桜の姿が浮かんでくる。

風に乱れて舞う枝垂れ桜を表現したい——そう思うにつけても、葛きりのあのほっそりとした形が惜しい。一度、葛きりを茶会用の菓子に作り変えられないかと工夫を凝らしてみたが、結局完成しなかった。

(葛きりに色付けをして、それを上から透明の葛で覆うのはどうか)

次に考えたのは、葛きりの吉野羹とも呼ぶようなものだが、これは食感が悪い。中に何が入っているのかと噛んでみたら、表面の葛と同じ舌触りだったというのでは、食べる人の期待を裏切ることになる。

どうしたものかと思案を重ねた末、漉《こ》し餡《あん》を葛きりのように細くして、透明の葛に閉じ込める形を思いついた。糸のように細い餡は、竹筒の下に細い穴を穿《うが》ち、そこから餡を押し出すようにして作る。餡は通常のものより少し固めにして崩れないようにし、さらに食紅で薄紅色のものを作った。ほのかな甘みにもこだわり、唐三盆の量には心を砕いた。枝垂れ桜のように細い糸のような餡の形を整え、そこにまだ固まっていない葛を流し入れる。細く繊細な餡が溶けてしまわず、葛が固まらない塩梅を見つけ出すのに手間がかかった。最後は、ひし形に切り落として完成となる。

枝垂れ桜を閉じ込めた吉野羹であった。

名は「糸桜」――。

味見をした番頭の太助は、菓子をじっくりと見、名の由来に耳を傾け、それから舌触りと味を確かめた後、

「よう精進《しょうじん》なされました」

と、一言だけ告げた。

自信を持っていけ――と背を押してくれるような太助の眼差しに、亀次郎は目頭が熱くなった。

自分でもかなりな出来栄えだと思っている。これならば、見た目の美しい菓子を得意とする郁太郎を相手にしても十分に渡り合えるはずだ。だが、そう思う傍から、

(この数年の間に、兄さんの方が俺よりももっと腕を上げていたら――)

という不安が鎌首をもたげてくる。

だが、今の亀次郎はもう一人ではない。応援してくれる太助や富吉の願いを背負って、競い合いに挑むのだ。郁太郎への未練を断ち切れずにいる父久兵衛を安心させてやるため

にも――。

そして、競い合いが行われる一月二十日、亀次郎は一番出来の良い糸桜を重箱に詰め、柳沢家の屋敷へ向かった。

事前に渡されていた手形を使って、通用門から中へ入ると、庭の方へ案内された。

庭の大部分を大きな池が占めている。その中には大小の島が浮かんでおり、橋を渡って島へ行けるようになっている。どっしりした石橋もあれば、古風な土橋もあった。松をはじめ、今は葉を落とした梅や桜、柳などの木々が立ち並び、大池の澄んだ水面にくっきりと映っている。

聞いていた枝垂れ桜の大木は大池のほとりに、今はひっそりと佇んでいた。春も酣《たけなわ》になれば、薄紅色の衣をまとい、女神のごとくこの庭に君臨することであろう。亀次郎は目を閉じ、枝垂れ桜が風に散り、その花びらが池の面《おもて》に降るありさまを思い浮かべた。

亀次郎が連れて行かれたのは、池の縁にある風雅な東屋《あずまや》だった。庭を散策しながら途中で休めるように作られたものなのだろう。その縁台には、すでに一人の若者が腰を下ろしていた。

「やあ、亀次郎。久しぶりだね」

黒の羽織をきちんと着こなした兄の郁太郎であった。まるで何事もなかったかのような、屈託のない物言いと表情であった。

眉が細く色白の郁太郎は顔の作りも繊細で、全体の雰囲気も優しげである。

その兄の優しい笑顔は、幼い頃の亀次郎にとってかけがえのないものだった。厳格な父からは決して得られない優しさや温かみを、兄が与えてくれた。だが、今はわずらわしいだけだ。いっそ敵らしく無視するか、睨みつけでもしてくれた方がありがたい。

「お久しぶりです」

硬い声で、にこりともせずに応じた後は、目も合わせなかった。

兄の座る縁台の横には、やはり風呂敷で包んだ重箱が置かれている。

気まずい時が流れた。

それから、しばらくすると、鼠色《ねずみいろ》の宗匠頭巾《そうしようずきん》をかぶった小柄な老人が、付き添いの若い侍と盆を捧《ささ》げた女中を従えて現れた。

「これは、北村さま」

郁太郎が立ち上がって礼をする。亀次郎も続いて立ち上がった。

幕府歌学方の北村季吟である。

もう七十歳を超えているはずだが、矍鑠《かくしやく》として足腰もしっかりしている。口許にはかすかな笑みを湛《たた》え、全体に穏和な印象だが、その眼差しはこの世の喜びも悲しみも見尽くしたように澄み切っていた。

「では、菓子を検《あらた》めさせてもらいましょう」

季吟が言うと、付き添いの侍が進み出て、郁太郎と亀次郎から重箱を受け取り、風呂敷包みを取り除いた。

それぞれの重箱の蓋が開けられ、中の菓子がちらりと見える。亀次郎は郁太郎の重箱の中をそっと盗み見た。

（草餅……？）

茶会用の菓子ということで、一口でつまめる大きさになっていたが、どう見てもただの草餅である。見た目において、糸桜が負けるはずがない。

（どういうことか……）

もしや兄は競い合いを放棄するつもりで、草餅などを持参したのか。そうだとしたら、許しがたい侮辱である。あるいは、見た目で負けても、その他の面で勝てる自信があるということか。

「それでは、ここでいただきましょう」

季吟はそう言うと、縁台に腰を下ろした。付き添ってきた女中が、その傍らに盆ごと茶道具を置くと、そこに跪《ひざまず》いて給仕を始めた。女中はまず亀次郎の「糸桜」を盆の上の皿に移すと、それを皿ごと、季吟に差し出した。

季吟は「糸桜」の形をじっくりと眺めた。透き通った表面の葛が、春の日差しを浴びてきらきらと輝いている。その中には、薄紅色の糸のような餡が風に吹かれた枝垂れ桜のように波打っていた。

季吟の目が心地よさそうに細められ、うなずきがそれに続いた。

次に、季吟は亀次郎に、菓子の名と由来を尋ねた。問われるままに、亀次郎は実朝の歌を口ずさみ、名付けの由来を答えた。

それから、季吟は竹の串を使って、糸桜を一口大に切ると口に運んだ。歯で嚙むのではなく、舌と上顎を押しつけるようにして、葛と餡が溶け合うのをゆっくりと味わう。二口目も同じようにして食べ終えると、その顔には満ち足りた笑みが広がっていった。

季吟は茶を喫した後、今度は郁太郎の草餅を手にした。その目には何の感興も浮かばなかった。それから、季吟は郁太郎に、菓子の名と由来を尋ねた。

「この菓子は『母子草《ははこぐさ》』と申します」

郁太郎は落ち着いた声で答えた。

「ただの草餅にしか見えないが、何ゆえ母子草と名づけたのですか」

季吟の問いかけに、郁太郎は和泉式部《いずみしきぶ》の歌だと断って、一首の歌を口ずさんだ。

花の里心もしらず春の野に　いろいろ摘める母子もちひぞ

「この『母子もちひ』とは蓬ではなく母子草、つまり御形《ごぎょう》を使って作った草餅のことなのだとか。私はこの草餅も御形を使って作りました」

「なるほど、それゆえ母子草と――。しかし、この日の競い合いにこの菓子を作ったのは何ゆえですか」

季吟の率直な問いかけに、郁太郎は自分でも分からぬというふうに、小首をかしげた。

「この競い合いのお話を頂戴した時、つと亡き母の顔が浮かびました。母がこの競い合いに出てくれれと、私に頼んでいるように思われました。そうしたら、母が昔作ってくれた草餅のことが頭に浮かんだのでございます」

（おっ母さんが兄さんに頼んだだって！）

亀次郎の心は激しく動揺した。

（そんなことがあるものか！）

次いで、強い反撥《はんぱつ》が芽生えた。

（おっ母さんはずっと、兄さんが帰ってくるのを待っていたのに……。兄さんの作る草餅を食べたかったはずなのに……）

母が昔、どんな思いで郁太郎の草餅を断ったか、分かっているのか。

（何を今さら、母子草だっ！）

北村季吟の手にある草餅を、地面に叩き落としてやりたいほどの衝動が、亀次郎を突き抜けていった。

だが、季吟は何も気づかぬ様子で、草餅を竹串にさすと、口に入れた。歯ごたえのある草餅を、しっかりと噛みながら味わっている。その顔に笑みは浮かばなかったが、咀嚼《そしゃく》する度に、目の光が強くなってゆくように、亀次郎には見えた。

「……母子草か」

食べ終えた季吟は、一語一語を味わうような調子で呟くと、おもむろに茶を飲み干した。

その後は腕組みをするなり、じっと考え込むように目を閉じてしまった。

(糸桜が負けるわけない)

自分にそう言い聞かせつつも、亀次郎の胸は傍目《はため》にも悟られるのではないかと案じられるほど激しく上下に波打っていた。

一方、郁太郎の方は小憎らしいくらい落ち着き払っている。

(この競い合いに負けたら、俺はどうすればいいんだ……?)

このまま照月堂にいてよいのか。父のためにも兄のためにも、自分こそが照月堂を出て行くべきではないのか。そうすれば、父は兄を呼び戻しやすくなる。兄も気兼ねなく実家へ戻れるだろう。

(そうだ。俺こそ照月堂を出て行かなきゃならないんだ――)

緊張の余り、極端な考えが頭に浮かんだ時、

「味、舌触りともに甲乙つけがたい。特に餡は区別がつかぬほど見事な出来栄えです」

という季吟の声が、亀次郎の耳を打った。

「見た目は『糸桜』が勝り、菓銘では『母子草』が勝っています」

北村季吟の判定の言葉が淡々と続けられた。

和泉式部は仏門に入った我が子と生き別れになった。その子を思う母の情が、この歌には表れている。立場は違うが、母に先立たれた郁太郎がこの菓子にこめた思いは、和泉式部の心に通じるものであろう。

「目を楽しませることも菓子の大事な働きですが、それは心を動かす以上の値打ちではありますまい」

和歌もまた、技巧を用いたり、耳で聞いた時の心地よさを楽しむことがある。しかし、いかにそれらが優れていても、心を動かす歌に及ぶものではないのだ。

菓子の世界も、歌の世界もつまるところは同じだと言った後、季吟はおごそかに告げた。

「よって、この競い合いは辰巳屋の勝ちといたす」

五

頭が真っ白になった亀次郎は、どうやって柳沢家の屋敷を出たのか、分からなかった。ただ、気づいた時には、目の前に郁太郎の切羽詰まったような眼差しがあった。

「待ってくれ、亀次郎。少しでいいから、私の話を聞いてくれ！」

郁太郎は亀次郎をそれ以上行かせまいとするかのように、腕を横に広げている。

「北村さまに申し上げたことは、少しばかり嘘《うそ》なんだ。私はお前に見せたくて、お前に聞かせたくて、母子草を作った」

それを聞くと、冷静になりかけていた亀次郎の心が、再び激しいものに揺さぶられた。

「一体、何を企《たくら》んでるんだよ！」

亀次郎はそこが柳沢家の屋敷の塀沿いであることも忘れて、大きな声を出した。

「おっ母さんは兄さんのことを本当に大事に思ってた。それなのに、どうしておっ母さんを傷つけたりしたんだ。産みの母親でないから、いつか兄さんを邪魔者扱いするとでも思ったのか」

　母のおまさが死んでから、何度となく胸の内で、兄にぶつけてきた言葉であった。

「お前がそういうふうに勘違いしていると聞いたから……」

　郁太郎は弱ったような表情を浮かべた。

「誰から聞いたって言うんだよ。それに、どこが勘違いなんだ」

「お前、北村さまが照月堂と辰巳屋を競わせた理由《わけ》を、知っているのか」

　不意に郁太郎は言い出した。

「兄さんは知ってるのか！」

　噛みつくように、亀次郎は言い返す。

「北村さまがおっしゃってただろう。心を動かすものが何より値打ちのあるものだ、って。北村さまは近頃の照月堂の菓子には、心を動かす何かが足りないとおっしゃっていた。何も、この競い合いは照月堂を苦しめようとしてのことじゃない。それに気づかせ、照月堂をさらに伸ばそうとお思いになってのことなんだ」

　そして、それこそが、自分が照月堂を出た理由でもあったと、郁太郎は続けた。

「だが、お前は勘違いしているんだろう。お前に跡取りの座を譲ろうとして、私が家を出たんだ、と——。生《な》さぬ仲のおっ母さんやお前に遠慮して、家を出たんだ、と——」

それを知らせてくれたのは、太助と富吉だったと、郁太郎は申し訳なさそうに告げた。

「太助さんと……富吉が……？」

二人とも、今度の競い合いで亀次郎を助けてくれた。郁太郎に心を残しつつも、亀次郎が勝つことを望んでくれた。そう信じていたのに……。

「私はお前に跡取りを譲ろうなんて考えたことは一度もない。おっ母さんを産みの親じゃないと思ったことだって――」

その言葉が、萎えかけていた亀次郎の闘志を奮い立たせた。

「だったら、何でおっ母さんが迎えに行った時、二度と来るななんて言ったんだよ！　おっ母さんは兄さんのこと、誰よりも大事な身内と思ってたんだぞ！」

郁太郎の表情がたちまち強張《こわば》り、やがて、その目は虚ろな悲しみに沈んでいった。

「私だって同じだ。身内だから甘えてたんだ。お父っつぁんにはついていけない。自分の好きな菓子を作りたい。そんなわがままも、いつかは分かってもらえると――」

郁太郎はいつしか項垂《うなだ》れていた。いつの間にか同じくらいの背丈になっていた亀次郎の目の前で、郁太郎の細い肩が震えている。

「おっ母さんがあんなに早く逝くとは思ってなかった……。おっ母さんを傷つけた私を、お父っつぁんはもう二度と許してはくれないだろう」

身内と呼べる者を失った郁太郎の心の闇《やみ》が、亀次郎の胸を衝《つ》いた。

「おっ母さんは……」

喉に熱い塊がこみ上げてきて、亀次郎は言葉をつまらせた。その塊を一気に吐き出すように、

「本当は、兄さんの草餅を食べたかったんだぞ！」

と、続けて叫んだ。

「……ああ」

郁太郎は項垂れたまま、低い声で答えた。

この兄もずっと抱え続けてきたのかもしれない。亡き母に対して申し訳ないと思う気持ちを――。そして、それは亀次郎よりもずっと重いものだったはずだ。

「兄さんのせいだけじゃないよ……」

泣くまいとして口を開くと、ふてくされたような物言いになるのは、亀次郎の昔からの癖であった。

「俺だって、おっ母さんの本心を知ってたのに、辰巳屋に行って兄さんの草餅を買って来てやれなかったんだ……」

父久兵衛にその才能を惜しまれ、母からも恋しがられる――そんな兄を疎ましく思う気持ちが、亀次郎を縛っていた。

才に乏しい弟の、つまらない妬み心――。

そのせいで、母はついに兄の草餅を口にする機会を逃してしまった。

もう二度と、同じ過ちを犯してはならない。

その日、兄と別れた亀次郎は、競い合いの結果がどうなったのかと気がかりな目を向ける太助や富吉に「後で話す」とだけ言い置き、ひとまず父久兵衛の部屋へ向かった。

「お父っつぁん、亀次郎です」

部屋の外で声をかけてから、中へ入ると、久兵衛はすでに布団の上に起き上がって、亀次郎の帰りを待っていた模様であった。

「亀次郎は敗れました。申し訳ございません」

競い合いの経緯を事細かに報告した。父は最初に結果を聞いた時も、その後のくわしい説明を聞く時も、顔色一つ変えずに、ただ無言であった。その後、

「お父っつぁん、お願いがあります」

亀次郎は父の前に両手をついて頭を下げた。

「兄さんを家へ戻してください。兄さんが家へ戻って照月堂を継いでくれることが、おっ母さんの願いでもあったはずです」

息もつかずに言って、その姿勢のまま父の返事を待つ。

「そんな話が通るものか」

久兵衛はぶっきらぼうに言い捨てた。

「郁太郎はもう辰巳屋にとって欠くことのできぬ職人だ。他の店の職人を引き抜くことなどできん。照月堂の跡取りはお前だ」

「えっ……？」

聞き間違いではないかと、父の顔を見上げると、にこりともしないいつもの父の厳格な顔があるだけだった。

「旦那《だんな》さん、よろしいですか」

その時、部屋の外に太助の声がした。

「辰巳屋より届け物がございました。一段ずつ召し上がってください、との言伝《ことづて》ですが……」

困惑ぎみの声である。

（もしや、兄さんが母子草を……？）

亀次郎は太助から風呂敷包みを受け取り、部屋の中で、重箱の蓋を開けた。重箱は二段で、一段ごとに五つの母子草が納められている。

「お父っつぁん、食べてもらえますか」

亀次郎が重箱の中身を見せて問うと、

「辰巳屋が食えと言ってよこしたのなら、食わぬわけにもいくまい」

父は表情も変えずに言う。だが、厳格そのものといった父の声が、ほんの少し緩んでいることに、亀次郎は気づいた。

「お茶を淹《い》れてきます」

亀次郎はすぐに立ち上がった。

富吉を見つけて茶の用意を頼むと、自分は皿と竹串を用意して一足先に父の部屋へ戻った。富吉は競い合いの結果を聞くなり、「そんなあ」と泣きそうな顔をしたが、亀次郎はそれ以上かまわなかった。

部屋へ戻ると、太助の表情が暗い。おそらく、久兵衛の口から競い合いの結果を聞かされたのだろう。

亀次郎が母子草を二つずつ皿に盛っているうちに、富吉が来て皆に茶が振舞われた。

それから、亀次郎はようやく郁太郎の母子草を、口に運んだ。

茶席の菓子であるせいか、歯につくような粘り気はない。蓬の香気がない代わり、塩味によって引き出される小豆の自然な甘みに感覚が集中される。

母が作ってくれた草餅に近い素朴な味だ。だが、続けて二つ目の草餅を口に運んだ時、亀次郎の表情は固まった。

(えっ！　この味は――)

ほのかに甘い。それも、亀次郎のよく知る甘みだ。

「お父っつぁん、これ、唐三盆じゃ――」

父に目を向けると、父がはっと顔を強張らせた。だが、その直前、父の顔に浮かんでいた、どこか恍惚《こうこつ》とした表情を、亀次郎は見逃さなかった。

郁太郎は一つに塩を、一つに唐三盆を用いて、味に違いを出したのだ。

では、競い合いで、北村季吟が食べたのはどちらなのか。

季吟は餡の味に区別がつかないと言っていた。ならば、唐三盆の方となる。

（なぜ――。兄さんは唐三盆を好まなかったはずだ）

客が武家だから、それに合わせたのか。いや、郁太郎はそのような職人ではない。

――照月堂をさらに伸ばそうと……。

郁太郎の言葉が耳許によみがえった。

郁太郎は亀次郎を伸ばそうと、唐三盆の使い方に工夫を凝らしたのだ。それは図らずも、亀次郎が糸桜の餡で作り上げたほのかな甘みによく似ていた――。

（俺の負けだ……）

競い合いにおける「菓銘」だけではない。

草餅の一方に父から受け継いだ味を、もう一方に母の面影を煉り込んだ母子草の味には敵わなかった。素直な心でそう思った時、

「これ、『母子草』っていうなら、少し大きなおっ母さん餅と、小さめの子ども餅にすればいいのに……」

食べ終わった時、富吉が唐突にそう言い出した。亀次郎は太助と顔を見合わせ、一瞬後、互いに笑みを浮かべた。

「それ、郁坊ちゃんに教えて差し上げるんですな」

太助の問いに思わず「ああ、そうしたい」とうなずいた後、亀次郎はそっと父の顔色をうかがうように見た。久兵衛は「好きにしろ」と突き放すように言う。

唐三盆の母子草は柳沢家の茶席でふるまわれ、塩入りの母子草は二つ一組で、辰巳屋の

店前に並べられることになるだろう。

「もう一つお願いがあります。母子草をおっ母さんの仏前に供えさせてください」

亀次郎は続けて父の前に頭を下げた。すると、久兵衛は表情を改め、

「そうしなさい」

と、今度は一語一語を噛み締めるようにして答えた。

「はい――」

亀次郎は母子草を二つ皿に盛ると、それを父の部屋の隅に置かれている仏壇まで持っていった。その時初めて気づいた。仏前には、亀次郎の作った糸桜がすでに供えられている。

（おっ母さん、俺の糸桜、食べてくれたんですか）

母子草を糸桜の脇に供えてから、両手を合わせて母に呼びかける。

――お前もやっぱり、お父っつぁんの子だねえ。

そんな母の呟きが優しく耳をくすぐる。

（さあ。これが、おっ母さんの食べたかった兄さんの草餅ですよ）

――ああ。郁太郎はさすがに、お父っつぁんの子だ。

（そうじゃないよ、おっ母さん。兄さんはおっ母さんの息子でもあるんだろ？）

その時、母の嬉《うれ》しげな笑顔が、亀次郎の瞼《まぶた》の裏いっぱいに広がっていった。

――そうだったねえ。さすが、郁太郎はおっ母さんの息子だ。

草餅の素朴な味わいを噛み締めながら、誇らしげに母が言う。その声をしっかりと聞き

取ってから、亀次郎は目を開け、元の場所へ戻った。

するると、久兵衛がそれを待ち受けていたように、太助の方を向き直り、

「この照月堂は、ゆくゆく亀次郎に任せたいと思う」

と、改まった様子で告げた。

「へえ、旦那さん。かしこまりました」

太助は間髪を入れずに言うと、その場にさっと手をついて頭を下げた。

きょとんとしていた富吉が、慌てて太助に倣って頭を下げる。

「若旦那さん、これからお頼み申します」

太助は亀次郎に向き直って、頭を下げた。

「こ、こちらこそ、よろしく頼みます」

若旦那と呼ばれることが、誇らしいというより気恥ずかしい。

舌の上には、しょっぱさとほのかな甘みがまだ残っている。懐かしくて優しいその味は、亡き母と兄の二人が自分に与えてくれたものだ。

今この場にいない二人が、自分の背をそっと押してくれたように思われ、亀次郎は静かに目をしばたたかせた。

こんち午の日

山本周五郎

山本周五郎　やまもと・しゅうごろう

一九〇三年、山梨県生まれ。横浜市の西前小学校卒業後、東京木挽町の山本周五郎商店に徒弟として住み込む。二六年『須磨寺附近』が「文藝春秋」に掲載され、文壇デビュー作となった。『日本婦道記』が四三年上期の直木賞に推されたが、受賞を辞退。以後、『樅ノ木は残った』『赤ひげ診療譚』『青べか物語』『さぶ』『ながい坂』など次々と代表作を残した。一九六七年二月十四日没。

一

おすぎは塚次《つかじ》と祝言《しゅうげん》して、三日めに家を出奔《しゅっぽん》した。祝言したのが十月八日で、出奔したのは十一日の午《ひる》すぎ、――塚次が売子の伊之吉《いのきち》と、午後のしょうばいに出たあとのことであった。

娘が「出奔」したことに気づいたのは、母親のおげんであった。夜になってもおすぎが帰らないので、田原町《たわらまち》二丁目の伊能屋へいってみた。伊能屋は仏具師で、おもんという娘がおり、おすぎと仲よしで、よく泊りにいったり来たりしていた。婿《むこ》を取って三日めに、まさか泊って来はしまいが、娘の性分ではやりかねないとも思ったのである。だが伊能屋では知らなかった。

「御婚礼の晩に会ったきりよ」とおもんは云《い》った、「おすぎちゃんどうかしたんですか」

「お午すぎに出たっきりなんだけれど」とおげんは途方にくれて云った、「――こんなじぶんまでどこにひっかかっているのか、おもんちゃんに心当りはないかしら」

おもんは知らないと云った。なんとなく当惑したような顔つきで、自分はこの夏あたりからあまり会っていないし、ほかに仲の好《い》い友達があるとも聞かない、と答え、「もういまごろ家《うち》へ帰ってるんじゃありませんか」と云った。なにか云いたいことを隠している、という感じだったが、それ以上は訊《き》けずに、西仲町《にしなかちょう》の家へ帰った。おすぎはまだ戻らず、婿の塚次が独りで、明日の仕込みをしていた。――おげんは、彼の眼《め》を避けるようにして、部屋へはいった。そして初めて、金や品物がなくなっているのを発見した。

かくべつ疑ったわけではなく、ひょっと調べてみる気になったのであるが、おすぎの簞《たん》笥《す》が殆《ほと》んど空になっているし、髪飾りや小道具類もなかった。そればかりではない、用簞笥の中の金も、重平やおげんの物まで、衣類や小道具などで金目な品は、選《え》りぬいたように、きれいになくなっていた。――おげんは足が竦《すく》みそうになり、がたがたと震えた。これだけ思いきったことをする以上、ただごとではない。単に帰りがおそくなったとか、どこかで泊って来るなどということではない。おそらく帰っては来ないだろう、「家出したに違いない」とおげんは思った。

「どうしよう」とおげんはのぼせあがって呟《つぶや》いた、「どうしたらいいだろう」

良人《おっと》の重平は寝ていた。

重平は秋ぐちに軽い卒中で倒れ、それから大事をとって寝たままであった。塚次との婿縁組も、そのために繰りあげたくらいで、いまこんな出来事を話していけないことは、（医者にも禁じられたが）よくわかっていた。――おげんは思い惑った。これまでおげんは、なにもかも良人まかせでやって来た。しょうばいの事はもとより、三度の食事の菜《さい》から、季節の移り変りには、着物や夜具のことまで、すべて良人に云われてからする習慣であった。

「どうしよう」とおげんは自分に呟いた、「他人に相談できることではないし、うちの人に話せば病気に障《さわ》るだろうし、それに、婿になったばかりの塚次という者がいるし」

塚次には隠せない、同じ家にいることだし、三年もいっしょに暮して、内情もよくわかっているから、塚次を騙《だま》すことはできない。――それならいっそあれに話してしまおう、とおげんは思った。塚次は気のやさしい男である。おすぎは蔭《かげ》で、「うちのぐず次」などと云っていたが、田舎そだちの朴訥《ぼくとつ》さと、どんな事でも、黙って先に立ってやるまじめさと、そして疲れることを知らない働き者であった。彼は重平と同郷の生れで、三年まえ奉公に来るまでは、田舎でずっと百姓をしていたが、きまじめで口べたなわりに客受けもよく、またしょうばい物の豆腐や油揚なども、自分でくふうして、いろいろ変った味の物を作るというふうであった。

「塚次に話すとしよう」とおげんは自分を励ますように呟いた、「あれなら肚《はら》を立てるようなこともないだろうし、きっと相談に乗ってくれるに違いない」

明日の仕込みを終って、塚次があがって来ると、おげんはその話をした。

塚次はええと口をあいたが、それほど吃驚《びっくり》したようすはなく、「どこかで泊って来るのではないか」と云った。そこでおげんは金や品物のなくなったことを話した。それらはみな昨日まであった物である。衣類や小道具は祝言に使ったし、金も祝言の入費を払ったばかりで、残高もわかっている。いつのまに、どうして運び出したかわからないが、殆んどあらいざらい持出しているし、僅《わず》かな時間に、それだけのことが独りでできる筈《はず》もない。

誰か手を貸したものがいるに相違ないと思う、とおげんは話した。塚次は暫《しばら》く考えていたが、「おとっさんに知らせましたか」と訊き、まだだと聞くと、「ちょっと心当りがあるから、おとっさんには知らせないで待っていてくれ」と云い、着替えもせずに出ていった。

——なにかあるのかしら。

おげんは重平の薬を煎《せん》じながら思った。

重平夫婦は娘をあまやかして育てた。おすぎは縹緻《きりよう》よしで、小さいじぶんから人に可愛がられたし、可愛がられることに慣れていた。人にあいそを云われたり、構われたりすることを嬉《うれ》しがり、そうされないときには、侮辱されたような不満をもった。友達と集まったり、芝居を見たりするのが好きで、娘にしては金使いも荒かった。……小さいうちはそれでもよかったが、十四五になると事情が変ってくる。若者たちが付きまとうようになり、いろいろな噂《うわさ》が立ちはじめた。

——おすぎちゃんは凄腕《すごうで》だ。

などというたぐいの蔭口が、しばしば夫婦の耳にはいった。

重平もおげんも信じなかった。おすぎは「みんなやきもちよ」とすましていたし、夫婦もそうだろうと思った。下町もこの浅草界隈《あさくさかいわい》の横町などは口のうるさい人たちが多く、金まわりのいい家とか、縹緻のいい娘や若妻など、根もないことを好んで噂のたねにされる。自分たちの娘もその例だと思い、夫婦はべつに疑ってみる気もなかった。

「でも塚次はいま、心当りがあると云った」とおげんは呟いた、「そしてすぐに出ていったところをみると、なにかあって、塚次はそれを知っていたのに違いない」

おげんは頭が痛くなり、首を振りながら両のこめかみを強く揉《も》んだ。

――いったいなにがあったんだろう、塚次はなにを知っているんだろう。

同じことを、ただうろうろ思い惑っていると、隣りの部屋で重平の呼ぶ声がした。おげんはとびあがりそうになり、「いま薬を持ってゆきますよ」と云いながら、湯気の出はじめた土瓶を火の上からおろした。

二

塚次は寒かった。まだ十月の中旬にはいったばかりで、その夜は風もなく、むしろ例年より暖かいくらいだったが、塚次はしんまでこごえるほど寒かった。肩をちぢめ、腕組みをして、前跼《まえかが》みに歩きながら、彼は力なく頭を振ったり溜息《ためいき》をついたりした。

「こういうことなのか」と塚次は口の中で呟いた、「いつもこういうことになるのか、これじゃあ、あんまり可哀そうじゃないか」

彼は中村喜久寿を訪ねていった。

猿若町《さるわかちょう》の芝居で住居《すまい》を訊き、それから山谷《さんや》へまわっていった。喜久寿は中村座の役者で、年は三十二歳、古くから女形《おやま》を勤めているが、いまだに役らしい役は付かず、番付《ばんづけ》などでは名もはっきり読めないくらいだった。彼は八月ごろまで三軒町の裏店《うらだな》にいたが、女出入りのため絶えずごたごたするので、店《たな》だてをくって山谷のほうへ移ったのであった。

喜久寿の住居はすぐにわかった。どこからか下肥《しもごえ》の匂って来る、暗くてじめじめした長屋の、端のほうにあるその住居には、年のいった女たちが五六人集まって、酒を飲みながら陽気に騒いでいた。喜久寿のほかにもう一人、これも芝居者らしい男がいて、なにかの狂言の濡場《ぬれば》と思われるのを、みだらに誇張した身振りと声色とで、汗をかきながら演じてみせていた。——塚次は黙ってはいり、ちょっと声をかけて、すぐに障子をあけた。おすぎを隠されるかと思ったので、さっと障子をあけ、そこにいる女たちを眺めまわした。

「どなた」と喜久寿がこっちを見て云った、「だあれ、……山城屋さんかえ」

そして立って、こっちへ来た。もう一人の男も、女たちもこっちを見た。部屋の中にこもっている安酒の匂いと、膏《あぶら》ぎったような、重たく濁った温気《うんき》とが、むっと塚次の顔を包んだ。

「知りませんよ」と喜久寿は云った、「おすぎちゃんなんて、このところ半年以上も逢《あ》ったことはないわ」

四十くらいにもみえる渋紙色の、乾いた皺《しわ》だらけの顔や、しなしなした身振りや、つぶれたような作り声など、塚次には胸がむかつくほどきみ悪く、いやらしく思えた。

「隠さないで下さい、知ってるんです」と塚次は云った、「おまえさんとの、一年まえからのことを知ってるんですから」

「それはそんなこともあったけれど、あたしは半年以上も逢っちゃいないわ、ほんとよ」

と喜久寿は女言葉で云った、「嘘《うそ》だと思うんなら、あがって家捜しをしてちょうだい」

向うから女たちが囃《はや》したて、喜久寿はおすぎの悪口を並べたてた。おすぎが吝嗇《りんしょく》でやきもちやきで、自分勝手な我儘者《わがままもの》であること、彼はおすぎに髪の毛を挘《むし》られたり、ひっ搔《か》かれたり嚙《か》みつかれたりして、いつも生傷の絶えたことがなかったし、そのために大事な贔屓筋《ひいきすじ》を幾人もしくじったこと、しかもたまに南鐐《なんりょう》の一枚も呉《く》れれば、小百日も恩に被《き》せられることなど、——恥じるようすもなくべらべらと饒舌《しゃべ》った。すると向うから女の一人が、「嚙みつかれたのはあのときのことだろう」とからかい、さらにみんなが徹底した露骨さで、塚次にはよくわからないような、卑猥《ひわい》なことを喚《わめ》きあい、ひっくり返るように笑った。だが喜久寿はそこで初めて気がついたように、「ちょいと」と塚次に手を振った。

「ちょいとあんた」と喜久寿は云った、「おすぎちゃんがどうかしたの、なにか間違いでもあったの」

塚次はあいまいに首を振り、「帰りがおそいので親たちが案じている、どこにいるか心当りはないだろうか」と訊いた。喜久寿は極めて単純に「そうね」と首を傾《かし》げた。

「なにしろあの人は達者だから、そうだわね」と喜久寿は顎《あご》を撫《な》で、それからふいとまた手を振った、「そうだわ、ことによると長二郎かもしれませんよ、それは」

「やっぱり芝居の人ですか」

「まえには芝居の中売りをしていたの」と喜久寿は云った、「今年の夏までは中売りをしていたけれど、義理の悪いことが溜《た》まって逃げだしたっきり、いまどうしているか知らないわ、でもおすぎちゃんはまえっから長二郎におぼしめしがあったようだし、相手のほうでもへんなそぶりをしていたから、なにかあったとすればきっと長二郎ですよ」

住居がどこか自分は知らないが、森田座に伝造という楽屋番がいる。その爺《じい》さんに訊けばわかるかもしれない、と喜久寿は云った。そして、塚次が礼を述べて去ろうとすると、彼はうしろから「にいさん」と作り声で呼びかけた、「どうぞ御贔屓に」それからしゃがれた声であいそ笑いをした。

塚次は歩きながら唾《つば》を吐いた。あばずれた女たちの笑いや、喜久寿の媚《こ》びた身振りや言葉などが、べったりと軀《からだ》じゅうにねばり付いているようで、いつまでも胸がむかむかし、彼は顔をしかめながら、幾たびも唾を吐いた。

「もうおそすぎる」と塚次は呟いた、「森田座は明日にしよう」

彼は疲れていた。もう寝る時刻を過ぎていた。朝の三時に起きて、明日の朝も三時に起きなければならない。午後に一時間ほど横になるほかは、軀を休ませる暇がないので、この時刻になると、抵抗できないほど寝たくなるのであった。

「田舎へ帰るんだな」彼は立停《たちどま》って、脇にいる（もう一人の）自分に云った、「こういうことになって、まさか居坐《いすわ》ってるわけにもいくまいし、田舎へ帰るほかはないじゃないか、そうだろう、――帰れば帰ったで、また、なんとか……」

だが塚次は（もう一人の）自分が首を振るのを感じた。彼は田舎の家と、そこにある生活を思いうかべ、帰っていっても、そこには自分の割込む席のないことを認めた。――彼の家は中仙道《なかせんどう》の高崎から、東北へ三里ほどいった処《ところ》で、重平の故郷の隣り村に当っていた。そこには塚次の母と、継父と、継父の母と、九人の弟妹《きょうだい》たちがいる。塚次の実父は早く病死して、そのあとへ継父がはいり、八人の弟妹が生れた。去年の春、また妹が生れた、という知らせがあったが、これだけの人数が僅か六七反歩の田畑に、しがみつくようにして生きているのである。それは「生きている」というほかに云いようのない生活であった。

――塚次は三年まえ、二十一歳のとき江戸へ出て来た。隣り村に住んでいる重平の兄の世話であったが、江戸へ出たのは、父親の違う弟妹たちとの折合が悪かったためだけではなく、そこにいては、満足に食ってゆけなくなることが、わかってきたからであった。

「洗い場の胡桃《くるみ》、――」と塚次は呟いた、「あれは今年もよく生《な》ったろうな、あの胡桃はよく実がついた、おれが出て来る年には一斗五升も採れたからな」

三

田舎の家の前に小川があり、農具や野菜などを洗う、小さな堰《せき》が作ってある。その傍らに大きな胡桃の木が枝を張っていて、夏には洗い場を日蔭にし、秋になるとびっしり実をつけた。その実が小川へ落ちて流れるのを、塚次はよく親たちに隠れて拾って喰《た》べたものである。胡桃は値がよく売れるから、隠れてでも喰べなければ、彼などの口には入らないのであった。

「胡桃、――」と塚次は首を傾げた、「そうか、あれは胡桃だな、あの蒲鉾《かまぼこ》豆腐は、そうだ、あの味と香りは慥《たし》かに胡桃だ、ふん、それであの胡桃の木のことなんか思いだしたんだな」

暗い刈田を渡って来る風が、塚次の着物にしみとおり、その膚《はだ》を粟立《あわだ》たせた。彼は身ぶるいをし、もっと肩をちぢめて歩きだした。

西仲町の家へ戻ったが、おすぎはやはり帰っていなかった。塚次はおげんに、「明日もういちど捜しにゆく」と云った。おげんはなにか訊きたそうだったが、「おとっさんには伊能屋に泊ったと云っておいたから」と囁《ささや》いただけであった。

翌日、――朝のしょうばいに出た戻りに、金剛院《こんごういん》の台所へ道具を預けておいて、塚次は森田座の楽屋を訪ねた。伝造という老人はいた。老人はいま寝床から起きたというようすで、眼脂《めやに》の溜まった充血した眼をしょぼしょぼさせ、小さな痩せた軀《からだ》からは、鼻をつくほど酒が匂った。

「あいつはずらかったよ」と老人は首筋を掻きながら云った、「不義理の仕放題をしやあがって、ひでえ畜生だ、もうちっとまごまごしていたら、誰かにぶち殺されたところだろう、おめえ長二郎のなかまかい」

塚次は「そうじゃない」と首を振った。

「すると騙されたくちか」と老人はまた首筋を掻いた、「もしあいつにひっかけられたのなら諦めるこった、あいつはもう二度と江戸へ帰りゃしねえから」

「なにか女のことは聞きませんでしたか」

「女だって、――おめえの女でもどうかされたのかい」

塚次はまた首を振り、「自分の知っている家の娘が昨日から帰らないが、長二郎という人といっしょではないか、という噂があるので訊きに来たのだ」と云った。

「ふん、――」と老人は鼻を鳴らした、「あいつの女出入りは算盤《そろばん》を置かなくちゃわからねえが、そうさな、そういえば夏じぶんから、あいつにのぼせあがってる娘がいる、っていうようなことを聞いた覚えがあるぜ」

だが詳しいことは知らない、と老人は云った。誰に訊いても長二郎のことはよくわからないだろう、中村座を逃げだしてからは、寝場所も定まっていなかった。博奕打《ばくちう》ちのなかまにでもはいっていたらしいが、自分のことは決して話さない人間だし、親しい友達というものもなかった。したがって、その女のことも、どこへずらかったかということも、知っている者はおそらく一人もないだろう、と老人は云った。

――おかみさんにどう話したらいいか。

楽屋口で老人に別れてから、塚次は思い惑って溜息をついた。伝造の話によると、長二郎という男はよほどせっぱ詰っていたようだ。そうすると、おすぎが金や品物を（殆んど）あらいざらい持出したことと符が合っている。おそらく長二郎と逃げたのであろうが、はっきりそうと定めることもできなかった。

――いずれにしても、まもなく帰って来るだろう。

塚次はそう思った。彼の気持の奥には「まもなく戻るに相違ない」という、漠然とした予感があった。おすぎはそういう娘であった。おそらく平気で帰って来て、きまりの悪い顔もせずに、ずけずけと自分に用でも頼むだろう、と塚次は思った。

「そうなったとき、おれはどうするだろう」と歩きながら彼は呟いた、「黙って云うなりになってるだろうか、それとも、……いや、たぶんなにも云えないだろう、云えやしないさ、あの女の顔をまともに見ることさえできやしないさ、――どう転んだっておれはおれだ、たいしたことはないや」

塚次はぼんやりと溜息をついた。

預けておいた道具を取りに、金剛院へ寄ると、老方丈《ろうほうじょう》が庫裡《くり》の縁側から呼びとめた。塚次は鉢巻を外しながらそっちへいった。もう七十三歳にもなるのに、老方丈の小さな軀は固太りに肥え、顔などは少年のような色艶《いろつや》をしていた。

「どうだ塚公」と老方丈が云った、「このあいだの物はわかったか」

「へえ、まあだいたい見当がつきました」

「いや口で云わなくともいい、見当がついたら作ってみろ」と老方丈は云った、「上方《かみがた》の物で、こっちではまだ作らないようだ、うまくゆけば売り物になるぞ」

「へえ」と塚次は云った、「やってみます、二三日うちに作って、持ってあがります」

「どうした」と老方丈が云った、「ばかに元気がないようだが、どうかしたのか」

塚次は「へえ」と苦笑し、ふと眼をあげて老方丈を見た。彼は方丈さんに話してみようか、と思ったのであるが、しかし、すぐに首を振って、「いいえべつに」と口を濁し、二三日うちに持ってあがります、と云ってそこを去った。

西仲町ではおげんが待ちかねていた。塚次は「だめでした」と囁いた。喜久寿や長二郎のことに触れずに、心当りの処にはいなかったし、ほかにもう捜す当《あて》もない。とにかく、暫く放っておいて、ようすをみるほかはないだろう、と云った。店では売子の伊之吉が、せっせと焼豆腐を作っていた。彼はもう、おすぎになにかあった、ということを勘づいたらしく、こっちへ向けた背中に、聞き耳を立てていることが、明らかにうかがわれた。おげんは塚次を眼で招き、臼台《うすだい》の蔭へまわって、「うちの人にどう云おうか」と囁いた。一《ひ》と晩はごまかせたが、今日はもうだめだろう。病気に障るのが心配だが、知らせないわけにはいかない。どういうふうに話したらいいだろうか、というのである。塚次は当惑して、自分にはわからない、と答えた。もう二三日待ってみて、勘づかれてから話してもよくはないか、それとも、「伊能屋の娘たちと身延《みのぶ》か成田山《なりたさん》へでもでかけた」と云ってみてはどうだろう。急のはなしで、重平が眠っているうちにでかけたと云えば、信じるかもしれない、と塚次は云った。

「とてもだめだと思うよ」とおげんは溜息をついた、「あたしうちの人には嘘がつけないんでね、うちの人にはすぐみやぶられてしまうんだから、――でもやってみようかね、みやぶられたらみやぶられたときのことにして、とにかくそう云ってみることにするよ」

そして、もういちどやるせなげに溜息をついた。

その夜、塚次が仕込みを終ったとき、おげんが来て「うちの人に話したよ」と云った。塚次の教えたとおり、身延山へいったと云うと、重平はそっぽを向いたままで、「そうか」と頷《うなず》いたきり、なにも云わなかったということであった。

「すぐに話を変えたけれどね」とおげんは云った、「いまにもどなられやしないかと思ってあたしはびっしょり汗をかいちゃったよ」

四

中二日おいて、冷たい雨の降る午後（横になる時刻）に、塚次は金剛院の方丈を訪ねた。前の晩に作った蒲鉾《かまぼこ》豆腐を、方丈のところへ持っていったのであるが、老方丈は一と口喰べてみて頷いた。

「よくわかった」と老方丈は云った、「少し脂《あぶら》っこいようだが、どういう按配《あんばい》で作った」

「豆腐一丁に剝《む》き胡桃《くるみ》を十の割です」と塚次は答えた、「豆腐の水切りをしまして、煎《い》った胡桃をよく磨《す》ったのへ、塩を加えて、もういちど豆腐と混ぜて磨りあげ、この杉のへぎ板へ塗って形を付けてから、蒸しました」

「胡桃の割が多いようだな」と老方丈は頷いて、もう一と口喰べてみた、「塩のせいかもしれないが、ともかく少し脂気が強いようだな」

塚次がふいに「あ」という眼つきをした。そして、思いついたことがあるから、明日もういちど味をみてもらいに来ると云い、すぐにそこを立とうとした。すると老方丈は呼びとめて、「まあ坐れ」と云い、不審そうに坐り直す塚次を、じっとみつめた。

「話してみろ」と老方丈は云った、「家付きの嫁が逃げたそうだが、どうしたんだ」

「誰が」と塚次は吃《ども》った、「誰が、そんなことを」

「伊之吉という売子が、昨日来て権助《ごんすけ》にそう云ったそうだ、どういうわけだ」

塚次は「へえ」と俯《うつむ》向き、暫く黙っていたが、やがて、こぼした粟粒《あわつぶ》でも拾うような調子で、これまでの出来事をゆっくり話した。老方丈は塚次の顔を見ながら、しまいまで黙って聞いていた。重平がおげんの作り話を聞いたとき、なにも云わなかった、という点が気になったものか、いちど聞き直してから、「ふん」と妙な顔をした。

「知っていたんだな」と老方丈は云った、「寝たっきりの人間には、家の中で起こることはよくわかるものだ、家は広いのか」

「いいえ、奥は六帖《じょう》が二《ふ》た間に、長四帖の納戸《なんど》だけです」と塚次が云った、「納戸は、田舎の人ですから、あとから造り足したんですが」

人の数も少ない、夏のあいだは売子も三人になるが、寒いうちは伊之吉だけで、彼も住込みではなく、裏の長屋に母親と住んでおり、夕方の仕事が終ると帰ってしまう。――それに、おげんや塚次はそれぞれ分担の仕事があって、塚次は売りにも出るし、おげんは店にいるほうが多いから、おすぎがそれだけの金や品物を運び出すのを、気づかなかったというのも（迂闊《うかつ》ではあるが）頷けないことはない、しかし、寝たっきりの病人が、まったく知らなかったとすれば却《かえ》って不自然である。

「塚公だって」と老方丈は云った、「その役者のことを知っていたんだろう」

塚次は「へえ、まあ——」とあいまいに口ごもった。老方丈はじれったそうに、知っていてどうして婿になる気になったんだ、と訊いた。それはまあ、そんな人間とながが続きするわけはないと思ったたし、自分が眼をつぶって結婚すれば、それでおちつくかもしれないと思った、と塚次は答えた。

「娘に惚《ほ》れてたというわけか」

「私がですか」と塚次は吃驚《びっくり》したような眼つきをし、それから、苦笑しながら首を振った。「私はあの人に、うちのぐず次、って云われていました」

老方丈はつくづくと塚次の顔を見た。そして、なにやらどなりたそうな表情をしたが、艶のいい顔を手で撫でながら、「ふん」といい、えへんと大きな咳《せき》をした。

「すると、なにか」と老方丈が云った、「塚公はこのままあの家にいるつもりか」

「出るにしても、当はなし」と塚次は俯向いて云った、「いられるだけは、まあいてみるつもりです」

「出るんなら相談に乗るぞ、よその店へ替りたいんなら、世話もしようし請人《うけにん》にもなる、また自分で店を持つという気があれば」

「いいえ、それは」と塚次は遮った、「それは有難うございますが、いまの主人には恩がありますし、いったん婿入りの盃《さかずき》をして、親子にもなったことですし、またそうでなくとも、寝たっきりの主人をみすてて出るということは、……」

「うん、それは理屈だ」と老方丈は頷いたが、さらにだめ押しをするように云った、「それは正しく理屈だがな、塚公、――もしもその娘が戻って来たらどうする」

塚次は「へえ」と俯向いた。

「おまえの話を聞いてると、そいつは桁外《けたはず》れのわがまま娘のようだ、いまにきっと戻って来ると思うが、そのときおまえはどうする」

「それは、――」と塚次は低い声で云った、「それは、そのときのことにしようと思います」

老方丈は庭のほうへ眼をやり、かなり長いこと黙って、なにか考えているふうだったが、やがて、塚次のほうは見ずに、「それはそうだ」と頷き、ではそのときのぐあいで、また相談しよう、と云った。

「へえ、済みません」と塚次が云った、「――ではこの蒲鉾豆腐を、もういちどやり直して伺いますから」

「うん、やってみてくれ」と老方丈は頷いた、「二十一日に檀家《だんか》が三十人ばかり集まる、よければそのとき注文することにしよう」

塚次は礼を述べて立ちあがった。彼は広縁から庫裡《くり》のほうへゆきながら、ごつごつした指で、すばやく眼を拭いた。

その夜、――塚次は蒲鉾豆腐をやり直した。豆腐一丁に剝き胡桃五個の割で、蒸しあげるまでは同じだったが、最後に火で炙《あぶ》って、外側に焦目《こげめ》を付けた。もう夜の十一時ころで、奥は寝しずまっていたが、出来あがったのを一ときれ切り、味をみようとしたとき、上《あが》り框《がまち》の障子のあく音がした。――塚次が振返って見ると、そこに重平が立っていた。

「――おとっさん」と塚次は口をあいた。

重平は「黙って」というふうに、ゆっくりと手を振った。彼は四十八になる、瘦《や》せた小柄な軀《からだ》つきだが、膚《はだ》はたるんで、蒼白《あおじろ》くむくんだような、いやな色をしていた。緊《し》まりのない唇や、瞳孔《どうこう》のひらいた眼や、寝乱れて顔へ垂れかかる髪毛など、暗がりの中で見ると、いかにも頼りなげに、弱よわしく見えた。

「塚次、――」と重平は云った。わなわなふるえる、力のない、低くしゃがれた声でもういちど「塚次」と云い、焦点の狂ったような眼で、じっと塚次を見つめた。塚次はそっちへゆき、ふらふらしている重平の軀へ、手を伸ばして支えようとした。重平は片手で障子につかまっていたが、塚次が伸ばした手を（首を振って）拒み、それからおそろしく重たそうに、両手をゆっくりとあげて、合掌した。

「たのむ」と重平は合掌した手を塚次に向けながら云った、「たのむよ、な、――」

塚次は「おとっさん」と云った。

重平の眼からしまりなく涙がこぼれ、合掌した手をだらっと垂らしながら、よろめいた。塚次はとびあがって、重平の軀を両手で支えながら、「おとっさん」ともういちど云った。重平の軀は婿の腕の中へ凭《もた》れかかり、う、う、と呻《うめ》き声をあげた。

五

「大丈夫です、おとっさん」と塚次は重平の耳もとで云った、「私がちゃんとやってゆきます、おすぎさんもすぐに帰って来ます、大丈夫だから心配しないで下さい」

「おすぎとは、親子の縁を、切った」と重平はもつれる舌で喘《あえ》ぐように云った、「おまえだけが、頼りだ、塚次、よく聞いてくれ、おまえだけが、頼りだぞ」

「わかってます、わかってますから寝にゆきましょう」

「たのむ」と重平は云った、「——たのむぞ」

塚次は舅《しゅうと》を寝床へ伴《つ》れていった。暗くしてある行灯《あんどん》の光りにそむいて、おげんが鼾《いびき》をかきながら眠っていた。

——方丈さんの云ったとおりだった。

店へ戻りながら、塚次はそう思った。

「だがあの夫婦は、娘と縁は切らない」と彼は呟いた、「あんなに底なしに可愛がっていた娘だ、口ではああ云っても、いざとなれば親子の縁を切ることなどできやしない、わかりきったことだ、できるものか」

そして塚次は力ない溜息をついた。

おすぎからなんの消息もなく、行方も知れないままで二年経《た》った。このあいだに、重平は妻と相談して故郷の家から姪《めい》のお芳《よし》を呼んだ。兄の重助の三女で、重助が弟のみまいを兼ねて、自分で娘を伴れて来た。重助は一と晩だけ泊って帰ったが、弟夫婦となにか話があったらしく、帰りがけに塚次を呼んで、「よろしく頼む」と云った。

「おまえの田舎の家も相変らずだが」と重助は付け加えた、「まあ田舎は田舎でやってるからな、おまえはここの婿になったことだし、ひとつ腰を据えてやってくれ」

　塚次は黙って、眼を伏せながら、おじぎをした。

　お芳は縹緻《きりょう》はあまりいいとはいえなかったが、軀《からだ》の丈夫な、はきはきとよく働く娘で、十七という年にしては、仕事ののみこみも早かった。お芳が役に立つようになると、おげんは掛りきりで良人《おっと》の看病をした。けれども重平の容態にはさして変りがなく、むしろ、手足の痺《しび》れなどは、まえよりひどくなるようであった。

「寝たっきりでいるからだ」と重平はもどかしがった、「これからは少しずつ起きて、歩く稽古《けいこ》をしてみよう」

　だが医者は厳重に禁じたし、重平がむりに試みようとすると、おげんは泣いて止めるのであった。二人のあいだでは、おすぎのことは決して話されなかった。「身延へいった」という嘘も、嘘のまま忘れられたようで、重平がそのことに触れないのを幸い、おげんも黙って、なりゆきに任せていた。

　塚次はよく働いた。焦目を付けた蒲鉾《かまぼこ》豆腐が好評で、顧客《とくい》さきにもよく売れたし、寄合とか、祝儀《しゅうぎ》や不祝儀に、しばしば大量の注文があった。このほかにも「胡麻《ごま》揚《あげ》」とか、

「がんもどき」などにも、よその店とは違ったくふうをし、「絹漉《きぬご》し豆腐」なども作った。——こういうものは、たいがい金剛院の老方丈に教えられるか、意見を聞くかしてやったものである。塚次はこれらの品を、客にはっきり覚えてもらうため、軒の吊《つ》り看板に「上州屋《じょうしゅうや》」という屋号を入れた。豆腐屋の看板は単に「豆腐」と書くのが一般で、屋号を付けるのはごく稀《まれ》だったが、彼は売子たちにも「上州屋でござい」と云わせ、自分もそう呼んでまわった。

——へい、上州屋でござい、自慢の蒲鉾豆腐にがんもどき、胡麻揚に絹漉し豆腐。

という呼び声であった。

おすぎの出奔がわかってから、塚次はしょうばいに出たさきでよくからかわれた。よその店の売子たちにも、意地の悪い皮肉を云われたし、顧客さきでもたびたび笑い者にされた。田原町二丁目の裏店《うらだな》に、亀造《かめぞう》という馬方がいたが、これは真正面から嘲笑した。

「おめえが嫁に逃げられたってえ豆腐屋か」と初めに亀造は云った、「嫁が男をこしらえて逃げたのに、おめえ平気な面《つら》で居坐《いすわ》ってるのか、へ、野郎のねうちも下ったもんだな」

「おっ、おめえまだいたのか」と二度めに亀造は云った、「へえ、そりゃあたいした度胸だ、おめえんとこのがんもどきはよそのより厚いってえが、おめえの面の皮もよっぽど厚いとみえるな」

「よう色男」と三度めに亀造は云った、「どうだ、もう嫁さんは帰ったか」

「よさないかね、この人は」と亀造の女房がそのとき奥からどなった、「人の世話をやくより、自分でかみさんに逃げられない用心でもおしよ」

「笑あしゃあがる、かみさんたあ誰のこった」

「自分で自分のかみさんもわからないのかい」と亀造の女房がまたどなった、「わからなければ見ているがいい、そのうちに逃げだしてやるから、いなくなれば誰がかみさんだったかわかるだろうよ」

そして亀造がなにかやり返すより先に、平気な顔で勝手へ出て来て「賽《さい》の目にして一丁」と云い、「うちのはとんだ兵六玉《ひょうろくだま》だから勘弁しておくれよ」と詫《わ》びた。塚次は涙がこぼれそうになり、「へえ、なに、――」と口ごもりながら豆腐を切った。

亀造の女房はおみつといい、千住《せんじゅ》の遊女あがりだそうだが、思いきった毒口《どくぐち》をきくわりには、さっぱりした、飾りけのない性分で、その後はまえよりも塚次を贔屓《ひいき》にしてくれた。

おすぎが出ていってから、まる二年に近い秋のことだったが、塚次が午後のしょうばいに出ると、田原町のところで、妙な男に呼びとめられた。古びた桟留縞《さんとめじま》の素袷《すあわせ》に平ぐけをしめ、草履《ぞうり》ばきで、肩に手拭《てぬぐい》をひっ掛けていた。年は二十七八だろう、博奕《ばくち》打ちかやくざと、一と眼で見当のつく、いやな人相の男であった。道のまん中だが、塚次は「なにをあげます」と答えて荷をおろした。

「買おうってんじゃゃねえ」と男は云った、「眼障《めざわ》りだからこの辺へ来るなってんだ」

塚次は男の顔を見た。酒に酔っているらしい、赤い顔をして、口に妻楊枝《つまようじ》を銜《くわ》えていた。

塚次はあいそ笑いをし、「御機嫌ですね、親方」と云いながら、おろした荷を担《かつ》ごうとした。すると男は、塚次の浮いた腰を力まかせに蹴った。冗談とは思えない、力いっぱいの蹴りかたで、塚次は担ぎあげた荷といっしょに転倒した。荷は散らばって、水は飛び、豆腐や油揚など、しょうばい物が道の上へすっかりうちまけられた。

「なにをするんです」と塚次はあっけにとられ、怒るよりも茫然《ぼうぜん》として、起きあがりながら男に云った、「私がお気に障ることでもしたんですか」

「この辺をうろつくなってんだ」と男は銜えていた楊枝を吐きだした、「よく覚えており、こんど来やあがったら足腰の立たねえようにしてやるぞ」

忘れるなよ、と男は喚《わめ》いた。

場所がらのことで、すぐまわりに人立ちがした。しかし誰も口をきく者はない、男はみんなを凄《すご》んだ眼で見まわしてから、本願寺《ほんがんじ》のほうへと、鼻唄をうたいながら去っていった。

六

塚次は口惜《くや》しさで、涙がこぼれそうになり、集まって来た人たちは、――なかには顧客もいたのだろう、彼に同情したり、暴漢を罵《ののし》ったりした。塚次はうわのそらでそれに答えながら、拾える物は拾おうとして、「いや、それではしょうばいに障るぞ」と気がついた。がんもどきや蒲鉾《かまぼこ》豆腐などは、土を払えば汚なくはない。しかしそこに集まっている人たちは、道の上から拾うのを見るし、「上州屋ではこういう物を売る」と云うかもしれない。

――こういうときが大事なんだな。

塚次はそう思った。そこで、向うの筆屋の店で草箒《くさぼうき》を借り、ちらばっている物を掃き集めて捨て、空になった荷を担いで、出直すために西仲町へ帰った。そのときは口惜しかったが、酒癖の悪い酔っぱらいに会って、災難のようなものだと諦めた。けれどもそうではなく、明くる日の朝も、田原町の二丁目で、べつの男から同じように威《おど》かされた。

「やい豆腐屋、眼障りだぞ」とその男も喚きたてた、「これからこの辺をうろつくな、まごまごすると腰っ骨を踏折っちまうぞ」

その男は三十がらみで、めくら縞の長半纏《ながばんてん》に鉢巻をしめ、ふところ手《で》をしたまま、塚次の前に立塞《たちふさ》がった。塚次は黙ってあとへ戻り、そのまま伝法院《でんぼういん》のほうへ廻《まわ》った。――午後には雷門のところで、翌日は正智院《しょうちいん》のところで、そのときによって場所も相手も違うが、同じような文句で威しつけ、抗弁でもすれば、すぐにも殴りかねないようすだった。

――しょうばい敵《がたき》のいやがらせだな。

塚次はそう思った。それというのが、その少しまえから、特に裏店の方面で顧客《とくい》が減りはじめ、一日おきに買ってくれた家が、三日おき五日おきになるし、ときたまの家では呼ばなくなるという例が、(売子のほうはそれほどでもないらしいが)しだいに眼立って来たのである。――おそらく他の豆腐屋が邪魔をするのだろう、えたいの知れない男たちの乱暴も、しょうばい敵に頼まれたものだろう、と塚次は推察し、「それならこっちにも覚悟がある」と思った。

九月下旬の或《あ》る日、——午後のしょうばいに出た塚次は、花川戸《はなかわど》の裏でまた威かされた。相手は初めに田原町で会った男で、よれよれになった双子唐桟《とうざん》の袷を着、月代《さかやき》も鬚《ひげ》も伸び放題の、ひどくよごれた恰好《かっこう》をしていた。相手があのときの男だと知ると、塚次はすばやく荷をおろし、「なんです」と云って天秤棒《てんびんぼう》を手に持った。

「私はちゃんと組合にはいってしょうばいをしているんです」と塚次は云った、「人に文句をつけられる覚えはありません、おまえさんはいったいどなたですか」

「天秤棒を持ったな」と男は云った、「野郎、やる気か」

男は腕捲《うでまく》りをした。塚次は恐怖におそわれ、救いを求めるように左右を見た。道の上や家並の軒先に、もう七八人立っていたが、誰も出て来るようすはなかった。

「そっちが先に天秤棒を持ったんだぞ」と男は喚いた、「片輪になっても罪はてめえが背負うんだ、野郎やってみろ」

塚次は「待って下さい」と云った。

「やってみろ」と男は喚いた、「やれねえのか、このいくじなし」

男は塚次にとびかかった。殴りあいなどはもちろん、塚次はこれまで口争いをしたこともないが、相手は喧嘩《けんか》に馴《な》れているようすで、とびかかるなり天秤棒を奪い取った。塚次は逃げようとしたが、男はそれよりすばやく、天秤棒で塚次を撲《なぐ》りつけた。肩、腰、足、背中と、容赦なく撲りつけ、塚次が倒れたまま、身をちぢめて動かなくなると、おろしてあった荷を、両方とも蹴《け》返《かえ》し、道の上にちらばった油揚やがんもどきなどを、草履ばきの足で踏みにじった。

「これで懲りたろう」と男は云った、「てめえで招いたこった、恨むんならてめえを恨め」

「なぜだ」と塚次は倒れたままで、苦痛のために喘《あえ》ぎながら訊いた、「わけを云ってくれ、なんの恨みがあってこんなことをするんだ」

「眼障りだと云ったろう、てめえは眼障りなんだ」と男が云った、「いいか、命が惜しかったら消えてなくなれ、田舎へいったって豆腐屋ぐらいはできるんだ、早く逃げだすのが身のためだぜ」

塚次は「あ」と声をあげた。男は「こんどこそ忘れるな」と云い、塚次の前へ天秤棒を放りだした。塚次は苦しげに呻《うめ》いて、また地面に突伏《つっぷ》し、男は、遠巻きに立っている人たちに、冷笑を投げながら、去っていった。

――違う、しょうばい敵ではない。

と塚次は思った。しょうばい敵のいやがらせにしては度が過ぎる、あまりに度が過ぎるといってもいい。これは違う、これはそんなことではない、もっとほかにわけがある筈だぞ、と塚次はもう一人の自分に云い聞かせた。――男が去るのを待っていたように、二人の辻番《つじばん》と、顔見知りの者が三人ばかり近よって来た。かれらは塚次を助け起こし、道具や天秤棒を拾い集め、そうして、辻番の老人のほうが道具を持って、西仲町まで送ってくれた。

塚次は跛をひきひき、ようやくのことで帰ったが、帰り着くまでに、顔の左半分が眼もふさがるほど腫れあがった。

「あの男に構いなさんな」と送って来た辻番が云った、「あいつはかまいたちの長といって、博奕《ばくち》で二度も伝馬町《てんまちょう》の飯を食ってるし、喧嘩で人を斬ったことも三度や五たびじゃあきかない、いま人殺しの疑いで、駒形《こまがた》の小六親分が洗っているというはなしだから」

「かまいたちの……長ですって」

辻番の老人は耳が遠いらしく、「ああ」と頷いて、小六という目明《めあか》しが腕っこきであること、あの親分ににらまれたら、どんな、兇状持《きょうじょうも》ちでも遁《のが》れっこはないこと、などを、自分で合槌《あいづち》をうちながら、饒舌《しゃべ》るだけ饒舌って帰っていった。塚次の顔を見ると、お芳はいきなり笑いだした。眼もふさがるほど腫れあがった顔が、よほど可笑《おか》しく見えたに違いない、塚次は、「かぼちゃの化物かね」と顔をそむけながら、敷居を跨《また》ぐとたんに、あっといって、店の土間へ転げこんだ。丸太を倒すように転げこんで、そのまま苦痛の呻き声をあげた。

「塚次さん」とお芳が駆けよった、「どうしたの、塚次さん」

「騒がないで」と塚次が制止した、「足を挫《くじ》いただけだから、大きな声をださないで下さい」

「またやられたの」とお芳は覗《のぞ》きこんだ、「また田原町のときのように乱暴されたのね」

塚次は顔をするどく歪《ゆが》め、痛む足を庇《かば》いながら、ようやくのことで立ちあがった。お芳が背中へ手をやると、彼は「痛い」といって身をよじった。肩も背中も腰も、ちょっと触られるだけで、刺すように痛んだ。お芳は初めて唯事《ただごと》でないと感じたらしい、「医者を呼んで来る」と云って駆けだそうとしたが、塚次は激しく遮った。そんな大げさなものではない、膏薬《こうやく》を出して来てくれれば自分で手当をする、決して騒ぐほどのことではないから、と云って塚次はお芳をなだめた。

七

塚次はそれから七日ほど寝ていた。

医者が重平のみまいに来たので、お芳がおげんに告げ、むりに診察させた結果、「打身だからそう心配することもないが、十日くらいは休むがよかろう」と云われたのである。実際のところ、片方の足と肩の痛みだけでも、すぐには動きがとれなかったし、二日ばかりは相当に高い熱が出た。

そのあいだ、仕込みはお芳が手伝って、伊之吉にやってもらった。外廻りもべつに売子は雇わず、仕込みを減らして、伊之吉ひとりだけに廻らせた。

膏薬は日に一度、夜の仕込みを終ってから、お芳の手を借りて取替えた。うしろ腰と背中は、手が届かなかったからであるが、お芳は全部を自分でやってくれた。——

或る夜、お芳は膏薬を替えながら、「かんにんしてね」と塚次に囁いた。塚次はお芳を見た。

「あのときいきなり笑ったりなんかして」とお芳は囁き声で云った、「でもあたし、可笑しかったんじゃないのよ」

「あの面《つら》を見れば誰だって笑いますよ」

「あたし可笑しかったんじゃないの」とお芳は云った、「あんまり吃驚《びっくり》して息が止りそうになったの、そうしたら知らないうちに笑いだしていたのよ、自分でも知らないうちに、……でも本当は笑ったんじゃないわ、可笑しいなんてこれっぽっちだって思やしなかったわ」

「もうたくさんですよ」と塚次が云った、「私はべつになんとも思っちゃいないんですから」

お芳は「ごめんなさい」と云い、塚次の背中から寝衣《ねまき》を着せかけると、そこへ坐って嗚《お》咽《えつ》しはじめた。塚次は三尺《さんじゃく》をしめながら、「どうしたんです」と振返った。お芳は袖で口を押えているが、襖《ふすま》の向うには重平夫婦が寝ているので、もし聞えたら、と思うとはらはらした。

「ねえ塚次さん」とお芳は嗚咽を抑えながら囁いた、「あんたもう、この家《うち》を出るほうがいいんじゃないの」

「この家を、出るって――」

「あたし金剛院の方丈さまに聞いたわ」とお芳は続けた、「この家を出るなら、どんな面倒でもみてやるって、小さい店くらい持たせてやってもいいって、方丈さまはあたしにそう云ったわ」

「そんなことを、どうしてまた」

「いつか田楽《でんがく》を届けにいったとき、方丈さまに相談することがあったの、そうしたら方丈さまは、まえにこういう話をしたことがある、って仰《おっ》しゃったのよ」

塚次は首を振った。そういう話はあったが、重平があのとおりだし、自分は夫婦に恩があるから、いまさら出るなどということはできない、と塚次は云った。

「恩とはどんな恩、――」とお芳が訊いた。

「あんたこの家にどんな恩があるの」

「お芳さんにはわからないでしょう」

「五年のあいだ世話になったっていうんでしょ、それがどれほどの恩なの、あんたは遊んでたんじゃない、働いてたじゃないの」とお芳は云った、「あたしお父《と》っさんに聞いて知ってるわ、きまった給銀もなく、叔父《おじ》さんのお古ばかり着せられて、芝居ひとつ見もしずに人の倍も働くって、それはあたしが自分の眼で、二年もちゃんと見て来たわ」

「お芳さんにはわからない、私が田舎でどんな暮しをしていたか、お芳さんにはわからないんだ」

「あたしだって同じ田舎で育ったのよ」

「違うんだ」と塚次は首を振った、「お芳さんには、私の家がどんな暮しをしているか、わかりゃあしない、決してわかりっこはないんだ、私はこの家へ来て、初めて、人間らしい暮しというものを味わった、初めて、——私のこの気持は、お芳さんばかりじゃない、誰にもわかりゃしないんだ」

「ほんとのことを云ってちょうだい」とお芳は彼の眼を見つめた、「あんたおすぎちゃんが好きなんでしょ」

塚次はぼんやりとお芳を見た。

「そうなんでしょ」お芳はたたみかけた、「おすぎちゃんが忘れられなくって、いつかおすぎちゃんが帰って来るだろうと思って、それで辛抱しているんでしょ」

塚次は首を振った。それから暫く黙っていて、やがて「そうじゃない」と悲しげに首を振った。そのとき襖の向うで、重平のなにか寝言を云うのが聞えたが、あとはすぐにまたしんとなった。

「そうじゃないんだ」と塚次は云った、「あの人は私のことを、ぐず次といって嗤《わら》い者にしていたし、私もあの人が好きじゃなかった、そのうえ私は、あの人にいろいろ不行跡のあることも知っていた、男も一人や二人じゃあなかったし、どの男もまともな人間じゃあなかった、あの人はそういう人だったんだ、——いくら私がいくじなしでも、そういうことを知っていて、よろこんで嫁にもらうほど腑抜《ふぬ》けじゃあない、それほど腑抜けじゃあないよ」

お芳は袖で眼を拭いた。塚次はなおひそめた声で、「私は考えた」と続けた。婿縁組のはなしがあったとき、よく考えてみた。重平は倒れて、再起のほどもおぼつかない、もしおすぎが男でも伴《つ》れ込んだらどうなる。相手はまともに稼ぐような人間ではない、たちまち二人でこの家を潰してしまうだろう。もしも自分が婿に（たとえ名だけにしろ）入れば、そうはさせない、ことによるとそれでおすぎがおちつくかもしれないし、そうでなくともこの家を潰すようなことはさせない、それだけは防ぐことができる、と塚次は思った。

「それで、おすぎさんが承知なら、――と答えた」と彼は続けた、「おすぎさんは承知だった、というのは、そのときもう男と駆落ちをする手《て》筈《はず》ができていたんだろう、盃をして三日めに逃げだしてしまった」

「わかったわ、よくわかったわ」

「私はこの家を守る」と塚次は云った、「金剛院の方丈さんにも云われたが、私はやっぱりこの家を守りとおすよ」

　お芳はまた嗚咽しはじめたが、袖で口を押えたまま「もしおすぎちゃんが帰ったらどうするの」と訊いた。持出した金や品物がなくなり、暮しに困れば帰って来るだろう。叔父や叔母《おば》は「親子の縁を切った」と云っているけれども、帰って来れば家へ入れるに違いない。自分にはそれがはっきりわかっている、その証拠がある、とお芳は云った。

「塚次さんはまだ聞かされていないでしょ」とお芳は俯向《うつむ》いて続けた、「あたしが二年まえにこの家へ来たとき、あたしのお父っさんとここの叔父さん叔母さんとで、塚次さんとあたしをいっしょにして、この家の跡取りにする、っていう約束をしたのよ」

　塚次は口をあいて、吃驚したような眼でお芳を見た。

「こんなこと女のあたしが云うのは恥ずかしいけれど」とお芳は顔をあげた、「あたしはそこにいて聞いたの、この耳でちゃんと聞いたことなのよ」

八

それから二年も経つのに、夫婦はまだ塚次にその話をしない、「あんたまだ聞かないでしょ」とお芳は彼を見た。そして、いつ結婚させるというようすもない。つまり重平大婦はおすぎを待っているのだ、おすぎが帰って来れば、この家へ入れるつもりなのだ。塚次さんはそう思わないか、とお芳は云った。

「いや、——」と塚次は静かに答えた、「私もそう思う、おすぎさんはいつか帰って来るだろう、あの人はそういう人だし、帰って来れば家へ入れるに違いないと思う」

「じゃあそのとき、塚次さんはどうするの」

「それは、そのときになってみなければ、いまここではどう云いようもありません」

「よければ婿でおちつくのね」

「私は婿じゃあない」と塚次は云った、「まだあの人とは夫婦になっていなかったし、これからだってそうなりっこはありません、だから、もしも、——」

「もしも、なに」とお芳が訊いた。

「もうおそすぎる」と塚次が云った、「朝が早いんだからもう寝て下さい」

お芳は「塚次さん」と云った。塚次は横になり、夜具を眼の上までかぶった。隣りの六帖《じょう》で、また重平が寝言を云うのが聞えた。

塚次は七日めに起きて、まだ荷は担げなかったが、顧客《とくい》さきをずっとひと廻りまわった。休んだ詫びを兼ねて、ちかごろ買ってくれないわけを（できることなら）聞きだしたいと思ったのである。あの暴漢が他の豆腐屋のいやがらせかどうか、――花川戸のとき、彼はそうではないと直感したが、――どちらであるかわかるかもしれない、そうしたら今後の考えようもある、と思ったのであるが、いざ当ってみると、「どうしてこのごろ買ってくれないのか」と訊くわけにもいかず、休んでいて済まなかったことと、「これまでどおり贔屓《ひいき》にしてもらいたい」と頼むよりほかはなかった。

田原町二丁目の裏店《うらだな》へまわっていったとき、馬方の亀造の女房に呼びとめられた。おみつというその女房は、勝手で洗いものをしていたが、塚次の挨拶を聞き終ると、洗いものをやめて振返り、「よけえなことを云っていいかい」と呼びとめた。

「おまえさんとこは勉強するし豆腐もいいけれど、いつも贅沢《ぜいたく》な物を持ってるのがいけないよ」とおみつは云った、「よけえなことだけれど、あたしにはそれがしょうばいの邪魔になると思うんだがね、わかるかい」

塚次は「へえ」と頭へ手をやった。

「いつも蒲鉾《かまぼこ》豆腐とか、がんもどきとか胡麻《ごま》揚《あげ》なんぞを持って来る」とおみつは云った、「貧乏人には貧乏人のみえがあるから、持って来られれば三度に一度は買わなければならない、その日ぐらしの世帯で、とんでもない、そんな贅沢ができるものかね、どうしたってみえを張らずに済むほうを呼ぶよ」

　塚次は「あ」という眼をした。

「ふだんは豆腐だけにして」とおみつは活潑《かっぱつ》に続けた、「値の高い物は月になん度と、日を定《き》めて売るほうがいいじゃないか、表通りは知らないけれどね、さもなければ裏店なんぞ当にしないほうがいいよ」

「わかりました、おかみさん」と塚次はおじぎをした、「うっかりして、ついうっかりしていたもんで、ええ、仰しゃるとおりです、おかげでよくわかりました」

　おみつは「礼なんかよしとくれよ」と手を振った。塚次はなん度もおじぎをし、繰り返し礼を述べてその路地を出た。

「そうだ、そうだろう」と歩きながら、塚次はもう一人の（脇にいる）自分に云った、「てめえが食うや食わずで育っていながら、そこに気がつかなかったという法があるか、あるもんか、迂闊だ、とんでもねえしくじりだ、しかし有難え、有難え人がいてくれた、あのかみさんはいつもおれのことを庇《かば》ってくれたっけ、おれを庇って、亭主をやりこめてくれたっけな」

　彼は節くれた指で眼を拭いた。

　まあいい、これでわかった、と歩きながら塚次は思った。云われたとおり日を定めて売ろう、ふだんは店だけで売る、そして定まった日だけ外廻りに持って出る。「今日は冬至《とうじ》だから」とか「今日は甲子《きのえね》だから」とか、そうだ、もの日《び》に当てて売ることにしよう。そうか、もの日がいいか、と彼は首を捻《ひね》った。

「待てよ、まあ待て」塚次は立停って、もう一人の自分に云った、「——お稲荷《いなり》さまにはよく油揚があがってるが、お稲荷さまの縁日はどうだ、お稲荷さま、……あれはなんの日だ、田舎では初午《はつうま》のお祭が賑《にぎ》やかだったが」

初午とはその年初めての午の日であろう、午の日、「初午は年に一度だが、午の日は月のうち二度はある、三度ある月もある」と塚次は呟いた。

「そうだ、お稲荷さまと油揚、午の日」と彼は声に出して云った。「これがいい、午の日にしよう、こんち午の日、油揚に、——」

塚次ははっとわれに返った。そこは伝法院の脇で、眼の前に老人が立っており、「おまえさんいつかの若《わけ》え衆《しゅ》じゃないか」と呼びかけていた。古びた布子《ぬのこ》で着ぶくれ、耄碌頭巾《もうろくずきん》をかぶって、寒そうに腕組みをしていた。

「おれだよ、森田座にいたじじいだ」と老人は云った、「道のまん中に立ってぶつぶつ独り言を云ってるから、へんな男だと思ってみたらおめえだった、忘れたかい」

塚次は「ああ」とおじぎをしながら、相手が森田座の楽屋番で、伝造という老人だということを思いだし、慌ててそのときの礼を述べた。老人は森田座を去年やめて、いま娘の婚家へ引取られていると云った。娘の亭主は人間はやくざだが自分を本当の親のように大事にしてくれる。寝酒も欠かさず飲ませてくれるし、小遣《こづかい》も呉れる。自分のような者にこんなごしょうらくが廻って来ようとは思わなかった。家は元鳥越《もととりごえ》の天文台のそばだから、別れようとしたとき、ふと思いだしたように、「おめえ長二郎を捜していたっけな」と云った。

「よかったら遊びに来てくれ」と云った。いかにもうれしそうな話しぶりであったが、

「慥《たし》かあいつを捜してたと思うが、もう会ったかい」

「いいえ」と塚次は首を振った、「こっちにいるんですか」

「秋ぐちに帰って来たそうだ」と伝造は云った、「なんでも上方へずらかったが、そっちにもいられねえで帰って来たんだろう、よくわからねえが人をあやめたってえ噂もある。よっぽど悪くなってるようだから、会ったら気をつけるほうがいいぜ」

塚次は膝がふるえだした。老人は「いちど遊びに来てくれ」と云ってたち去った。

——あれだ、やっぱりあの男だ。

塚次は西仲町のほうへ帰りながら思った。花川戸でやられたとき、辻番が「なんとかの長という男だ」あの男には手を出すな、と云った。それではっきりとした、と塚次は思った。

九

そうとすればわかる、男は「てめえは眼障りだ」とか、「田舎でも豆腐屋はできる」と

か、「早く逃げだすほうが身のためだ」などと云った。つまるところ、塚次を逐《お》い出したかったのだ。たぶんおすぎもいっしょだろう、塚次を上州屋から逐い出して、そのあとへおすぎと二人で入るつもりなのだ。

「そうだ」と塚次は頷いた、「それでわかった、あれは長二郎だ」

彼は激しい怒りと、それより大きい恐怖におそわれた。田原町と花川戸で、現に自分がやられているし、辻番の老人や伝造の話では、どんな無法なことをするかわからない。辻番の老人は「人殺し兇状の疑いで、駒形の小六親分が洗っている」とさえ云っていた。

「やれるか、あいつを相手に、やれるか」と塚次は（もう一人の）自分に云った、「あのならず者と、やりあえるか」

塚次はもう一人の自分が首を振るのを感じた。とてもだめだ、できっこはない。あっというまに天秤棒を奪い取られたときの、相手のすばしこさと腕力とが、ありありと思いだされる。かなうものか、と塚次は思った。こんどこそ片輪にされるか、へたをすると殺されるだろう、とても、だめだ、と彼は首を振った。

塚次は西仲町へ戻った。

店先にお芳がいて、二人の客の相手をしており、売子の伊之吉は焼豆腐を作っていた。塚次がはいってゆくと、客を帰したお芳が手招きをし、「おすぎちゃんよ」と囁いた。

塚次はそこへ棒立ちになり、大きくみひらいた眼で、もの問いたげにお芳を見た。

「いましがた来たの」とお芳は囁いた、「叔母さんは泣いてよろこんでたわ」

「一人か」と塚次は吃りながら訊いた。

「一人よ」とお芳は頷いた、「いま叔母さんと話してるわ」

塚次は上へあがった。のめるようなかたちで、お芳が「塚次さん」と呼んだが、振向きもせずに奥へとびこんだ。

おすぎはこっちの六帖《じょう》で、火鉢を挟んでおげんと話していた。そこには茶と菓子が出してあり、おすぎは煙草《たばこ》をふかしていた。——古くなった鼠色《ねずみいろ》の江戸小紋《こもん》に、くたびれた黒《くろ》繻子《しゅす》の腹合せをしめている。躯《からだ》は肥えてみえるし、顔も肉づいて、そのくせとげとげしく面変《おもがわ》りがしていた。

「あら塚次さん」とおすぎはしゃがれた声で云った、「暫くね。あんたまだいてくれたんだってね」

塚次はふるえながら坐った。

「よく辛抱していてくれたわね」とおすぎは云った、「あたしまた、とっくに出ていかれちゃったかと思ってたの、いまおっ母《か》さんと話してたんだけれど」

「出てって下さい」と塚次が遮った、躯もふるえているし、声もふるえていた、「この家《うち》から出てって下さい。たったいま」と彼はひどく吃った、「たったいま出てって下さい」

「どうしたの、なにをそんなに怒ってるの」とおすぎは煙管《きせる》を火鉢ではたき、女持《おんなもち》の（糸のほぐれた）莨入《たばこいれ》を取って粉になった葉を詰めながらおちついて云った、「それはあたし親不孝なことをしたわ、それは悪かったと思うことよ、でもあたしはこの家の娘だし、いまもおっ母さんとよく話して」

「いや、だめだ、そんなことは、できない」と塚次はぶきように遮った、「そんな、いまになってそんなことは云えない筈だ」

「あら、なにが云えないの」

「お父っさんが」と彼は吃った、「病気で、お父っさんが倒れているのに、それをみすて、家の物をあらいざらい持って、ならず者などと駆落ちをしておきながら、いまになって」

「いいじゃないの」とおすぎが云った、「あたしはこの家の娘だもの、よそさまの物を持出したわけじゃなし、親の物を子が使うのにふしぎはないでしょ、それでも悪かったと思えばこそ、こうしてあやまりに来たんだもの、他人のあんたに文句をつけられる筋なんかないと思うわ」

「他人の、……私が他人だって」

「他人でなければ、なによ」とおすぎは煙草をふかした、「あたし親に責められて、あんたと盃のまねごとはしたわ、でも一度だっていっしょに寝たわけじゃないんだから、あんたまさかあたしの婿だなんて云うつもりじゃないでしょうね」

塚次はおげんを見た。おげんは肩をちぢめ、小さくなって、ふるえながら顔をそむけていた。それは、怯《おび》えあがった、無抵抗な、小さな兎《うさぎ》といった感じだった。その頼りなげな、弱よわしい姿を見たとき、塚次は急に、自分のなかに力のわきあがるのを感じた。

「私は、おまえさんの、亭主じゃない」と塚次は云った、「慥《たし》かに、おまえさんとは夫婦じゃあない、けれども、私はこの家の婿だ、それはちゃんと人別《にんべつ》に付いてる」

「そんなら人別を直せばいいわ」

「また、——おまえさんは、この家の娘だって云うが、そうじゃあない、おまえさんはこの家の娘じゃあない」と塚次は云った、「お父っさんがはっきり云った、おまえさんとは親子の縁を切るって、それは田舎の伯父さんも、お芳さんも知ってることだ」

「あらいやだ」とおすぎは笑った、「そんならおっ母さんがそう云う筈じゃないの、あたしさっきから話してるけど、おっ母さんは一と言だってそんな薄情なこと云やあしなかったわ、そうでしょ、おっ母さん」

　おげんは塚次を見た。悲しげな、救いを求めるような眼で、——塚次は頭がくらくらした。二年まえ、同じような眼で見られたことがある。重平が手を合わせて、同じような眼で塚次を見ながら、「たのむ」と云った。舌のもつれるたどたどしい口ぶりで、おまえだけが頼りだ、たのむよ、と云った。

　——そうだ、おれは頼みにされてるんだ。

　塚次はこう思った。重平もおげんも、現におすぎが帰ってみれば強いことは云えない。隣りの六帖に寝ているのに、重平がひと言も声をかけないのは(おげんと同様に)すっかり気が挫《くじ》けて、娘をどう扱っていいかわからなくなっているのだ。ここでおれが投げれば、夫婦は娘を家へ入れるだろう、おすぎには長二郎という者が付いている。おれが投げだせば、二人でこの家を潰してしまうに違いない。それはできない、重平夫婦のために、それを見逃すことはできない、「おれはこの家を守る」と塚次は肚《はら》をきめた。

「おふくろさんに構わないでくれ」と塚次は云った、「おふくろさんは女のことだし、お父っさんは病人だ、いまこの家の世帯主《しょたいぬし》は私だから、家内の事は、私がきめる、それが不服なら町役へでもなんでも訴えるがいい、はっきり云うがおまえさんはこの家と縁が切れた、おまえさんはもうこの家の人間じゃあないんだ」

おすぎは煙管をはたき、「そうかい」と云いながら莨入へしまった。

十

「わかったよ」とおすぎは云った、「そっちがそうひらき直るなら、あたしのほうでもそのつもりでやるよ、但《ただ》し断わっておくけれど、あたしも昔のおすぎじゃあないからね」

そして立ちあがって、「おっ母さん出直して来ますよ」とやさしく云った。彼女は素足で、その爪が伸びて垢《あか》の溜まっているのを、塚次は見た。おすぎが出てゆくと、おげんは泣きだした。そして、泣きながら「ねえ塚次」とおろおろ云った。塚次はそれに答えようとしたが、ひょいとなにか気がついたふうで、店へとびだしてゆき、伊之吉を呼んで耳うちをした。駒形に目明しで「小六」という親分がいる、そこへいってこれこれと頼んで来てくれ、と囁いた。そうして、伊之吉が駆けだしてゆくと、すぐに六帖《じょう》へ引返して、おげんの前に坐った。

「お願いだよ塚次」とおげんは泣きながら云った、「あれも悪かったとあやまって来たことだし、おまえはさぞ憎いだろうけれどね」

「そうじゃない、そうじゃないんです、おっ母さん」と塚次は手を振った、「おすぎさんが本当にあやまって来たのならべつです、本当に悪かったと思いまじめになって帰ったんなら、私だってあんな無情なまねはしません、けれどそうじゃあない。あの人には長二郎という悪い人間が付いてる、人殺し兇状の疑いさえある人間が付いてるんです」

おげんは眼をすぼめて塚次を見た。

塚次は吃り吃り話した。長二郎が自分を逐《お》い出そうとしたこと、田原町の乱暴から始まって、その後も人を使っては自分を威し、花川戸ではあのとおり兇暴なまねをしたこと、そして、長二郎は博奕《ばくち》で牢《ろう》にいってるし、喧嘩で人も斬った、上方を食い詰めて江戸へ戻って来たが、そのあいだに人をあやめた疑いがあり、いま駒形の目明しが洗っている、ということなど、吃りながらではあるが、塚次には珍しくはっきりと云った。

「そういうわけですから、もう少しがまんして下さい」と塚次は云った、「おすぎさんがその男と手を切り、まじめになって帰るなら、私はこの家をおすぎさんに返します、この家をおすぎさんに返して私は出てゆきます」

「出てゆくなんて」とおげんが云った、「あたしはそんなこと云やしないよ、あたしはただおすぎが」

そのとき店のほうで「塚次さん」というお芳の声がした。異様な声なので、塚次が振向くと、おすぎとあの男があがって来た。

——かまいたちの長。

塚次はその異名《いみょう》を思いだし、恐怖のためにちぢみあがった。男は花川戸のときと同じようなしけた恰好で、ただもっとうす汚なかったし、尖《とが》った顔には冷酷な、むしろ狂暴な表情がうかんでいた。——彼はふところ手をしたまま、六帖の敷居のところに立って、「おふくろさんですか」とおげんに呼びかけた。

「私はおすぎの亭主で、長二郎という者です」と男は云った、「これがお初ですが、今後はよろしくお頼み申します」

塚次は店のほうを覗いた。伊之吉がいるかと思ったのだが、そこにお芳がいて、まっ蒼《さお》な顔で「いません」というふうに首を振った。おすぎは長二郎の脇に立って、「そいつだよ」と塚次に顎をしゃくった。

「この家を横領しようとして、おまえのことをならず者だなんて、おっ母さんに告げ口をしたのはその男だよ」

「おや、てめえ、——」と長二郎はわざとらしく塚次を見た、「てめえまだいたのか」

塚次は反射的に腰を浮かせた。

「おらあ消えてなくなれと云った筈だ」と長二郎は云った、「てめえは眼障りだから、命が惜しかったら出てうせろと云った筈だ、野郎、なめるな」

長二郎は右手をふところから出した。その手に九寸五分《くすんごぶ》がぎらっと光った。すると——、あけた唐紙《からかみ》がそろそろとあいて、次の六帖から重平が顔を出した。寝衣《ねまき》の裾をひきずり、あけた唐紙の片方へつかまって、やっと身を支えながら、「おまえさん誰だ」ともつれる舌で云った。おげんはとびついてゆき、「お父っさんだめですよ」と抱きとめた。おすぎはあいそ笑いをしながら、「あたしですよお父っさん」と重平のほうへ寄っていった。

「さっき来たんだけれど、お父っさんはちょうど眠っていたもんで」

「触るな」と重平はふらっと手を振った、「おまえのような女は、おれは知らない、出ていってくれ」重平の眼から涙がこぼれ落ち、口の端から涎《よだれ》が垂れた、「おまえとはもう、親でも子でもない、顔も見たくない、たったいま出てゆけ」

「なんだい父っさん、おめえ病人だぜ」と長二郎が云った、「病人はでしゃばるもんじゃあねえ、そっちへ引込んで寝ているがいい、おれがいまこの家をきれいに掃除して、これからはおすぎと二人で孝行してやるから」

「出ていけ」と重平がどなった、「この悪党、この」と重平は手をあげた、「この、人でなし、出ていけ」

　塚次が店へとびだしてゆき、天秤棒を持って戻った。その僅かなまに、長二郎は重平のところへいって、おげんを突きとばし、重平の寝衣の衿《えり》をつかんでいたが、おすぎが戻って来た塚次を見て、「おまえさん」といって知らせると、振返って、重平の衿をつかんだまま、右手の九寸五分を持ち直した。店からお芳が「塚次さん」と叫び、塚次は天秤棒を槍《やり》のように構えながら「放せ」とどなった。

「またそんな物を持出しやがって」と長二郎が云った、「てめえまだ懲りねえのか」

「その手を放せ」と塚次がどなった、「放さないと殺すぞ」

「殺す、――」と長二郎が云った。彼の唇が捲《まく》れて、歯が見えた、「笑あせるな、そりゃあおれの云うせりふだ、このどすはな、伊達《だて》でひけらかしてるんじゃあねえ、もうたっぷり人間の血を吸ってるんだ」

「手を放せ」と塚次が叫んだ。

「このどすは人間をばらしたこともあるんだぜ」と云って長二郎は重平を突き放した、「――野郎、生かしちゃあおかねえぞ」

　重平は棒倒しに転倒し、おげんが悲鳴をあげながら抱きついた。塚次は逆上した、もう恐怖はなかった。彼は眼が眩《くら》んだようになり、天秤棒を斜に構えて相手に襲いかかった。――おすぎが憎悪の叫びをあげ、長二郎が脇のほうへとびのいた。塚次は「殺してやる、殺してやる」と思いながら、夢中で天秤棒を振りまわした。すると店のほうから三人ばかり、見知らぬ男たちがとびあがって来、塚次はうしろから頭を撲《なぐ》られて昏倒《こんとう》した。おすぎがのし棒で撲ったのである、――昏倒する瞬間に、塚次は「ああ殺される」と思ったが、そのままなにもわからなくなった。

十一

家の中のざわざわするけはいで、塚次はわれに返った。すぐそばにお芳がいて、仰向《あおむ》きに寝た彼の頭へ、濡《ぬ》れ手拭《てぬぐい》を当てていた。お芳は彼が眼をあいたのを見ると、硬《こわ》ばった微笑をうかべながら、頷いた。

「大丈夫よ」とお芳は云った、「もう大丈夫、すっかり済んだわ」

塚次は左右を見ようとして、頭が破れるほど痛んでいるのに、初めて気づいた。

「お父っさんは」と塚次が訊いた。

「まだ口をきいちゃあだめ」お芳はそっと眼をそらした、「あの男とおすぎちゃんは捉《つか》まったわ、伊之《いの》さんが呼んで来た、駒形のなんとかいう親分に捉まったの、二人とも縄をかけて伴《つ》れてゆかれたわ」

塚次は眼をつぶった。撲られて昏倒するまえに、店から、男が三人ばかり、とびあがって来るのを塚次は見た。

——そうか、あれが小六親分だったんだな。

と塚次は思った。

その目明しは二人の子分と来て、裏からはいり、店の隅に隠れていた。塚次が助けを求めて店を見たとき、お芳が首を振ったのは、それを知らせたかったためだという。隠れて待っているうちに、長二郎が「人間をばらした」と云った。それで小六は「泥を吐いたな」と叫びながら踏み込んだということだが、塚次にはそれは聞えなかった。

「自分でいばって啖呵《たんか》を切ったのが、人を殺した証拠になったんですって」とお芳が云った、「いまのせりふを忘れるな、もう遁《のが》れられないぞって、親分が十手で、縛られたあの男の肩を打ったのよ」

「私は誰に撲られたんだ、長二郎か」

「おすぎちゃんよ、おすぎちゃんがうしろからのし棒で撲ったの」とお芳が云った、「あの人すごかったわ、駒形の人たちにも、引っ掻いたりむしゃぶりついたり、縛られるまでに大暴れに暴れたわ」

「線香の匂いがするな」と塚次が云った、「お父っさんやおふくろさんは無事でしたか」

お芳は「ええ」と口を濁した。

塚次は、ふと耳をすませた。ざわざわしていると思ったのは店のほうで、おげんと伊之吉が、誰かよその人と話しているらしい。塚次は「あの長二郎」と思った。いちどこの手で殴ってやりたかった、いちどだけでいい、あいつの頭をいやっというほど、――しかし、塚次は（もう一人の）自分が首を振るのを感じた。だめだ、できるものか。できやしないし、殴ることもない。あいつは捉まった、あいつだって可哀そうなやつなんだ、そうだ、可哀そうなやつなんだ、と塚次は思った。

店先ではおげんが泣き腫らした眼をして、みまいに来た近所の人に挨拶していた。

「ええ、その男に突きとばされて、倒れたときにもうだめだったんです、お医者の話では、倒れるのといっしょだったろうということでした」とおげんは云っていた、「——でもそのほうが仕合《しあわ》せでしたよ、娘のいやな姿を見ずに済んだんですからね、これからだっておよ調べやなんか、いやな事があるでしょうしね、ええ、死んだほうがよっぽど仕合せですよ」

みまいの人たちがなにか云い、おげんは涙を拭きながら首を振った。

「いいえ折角ですけれど」とおげんはその人に云っていた、「縄付きを出したばかりですから、みなさんに御遠慮を願ってるんです、お騒がせして済みませんけれど、どうかなんにも構わないで下さい、有難うございました」

こちらの六帖《じょう》では、塚次がお芳に話していた。——彼にはおげんの挨拶は聞えなかったし、重平の死んだこともまだ知らない。彼はお芳に向って、亀造の女房の云ったことを話していた。しょうばいのむつかしいこと、良い品を作るばかりでなく、売りかたにも按配《あんばい》のあること、「貧乏人には貧乏人のみえがある」というおみつの言葉で、自分の迂闊さに気がついたことなど、頭の痛みに、ときどき眉をしかめながら、訥々《とつとつ》と語っていた。

「ああ、よかった」と彼は太息《といき》をついた、「しょうばいのこつも一つ覚えたし、いやな事もひとまず片がついた、お芳さん」

「あんまり話しすぎるわ」とお芳が濡れ手拭を替えた、「あたし行灯《あんどん》をつけなくちゃならないの、少し眠ってちょうだい」

「お芳さん」と塚次は眼をあげた、「私はいま、聞いてもらいたいことがあるんだ」

そして、つと右手をさし出した。お芳はそれを両手で握った。お芳の手が、ひきつるようにふるえるのを塚次は感じた。お芳は息を詰め、彼はぶきように口ごもった。

「云ってちょうだい」とお芳がふるえ声で囁いた、「なあに」

「お芳さん」と塚次は吃り、それから突然、妙な声でうたうように云った、「――こんち午《うま》の日、蒲鉾《かまぼこ》豆腐に油揚がんもどき……」

お芳はあっけにとられた。

「これからこういう呼び声で廻るんだよ」と塚次は、「午の日だけね、いいかい、――こんち午の日、蒲鉾豆腐に油揚……」

お芳はぎゅっと塚次の手を握りしめた。

鰯の子

和田はつ子

和田はつ子　わだ・はつこ

東京生まれ。日本女子大学大学院卒。出版社勤務の後、テレビドラマ「お入学」の原作『よい子できる子に明日はない』、『ママに捧げる殺人』などで注目される。『木乃伊仏』『死神』などミステリー、ホラーの著作が多数ある。近年は「口中医桂助事件帖」「料理人季蔵捕物控」「余々姫夢見帖」「お医者同心 中原龍之介」「はぐれ名医事件暦」シリーズ、『大江戸ドクター』など時代小説を精力的に執筆するほか、「青子の宝石事件簿」「愛しのジュエラー」シリーズなどがある。小説の他に、ハーブ関連書として『ハーブオイルの本』『育てる食べるフレッシュハーブ12か月』などもある。

一

そこかしこから、梅の花が満開だと伝えられてくる早春の昼過ぎ、

「白魚《しらうお》はまだかい？」

豪助《ごうすけ》が腰高障子を開けて入ってきた。

豪助に限らず、塩梅屋《あんばいや》ではこの時季、必ず白魚料理の催促がある。梅の花がほころぶ頃、佃島《つくだじま》でとれる白魚を誰もが楽しみにしている。白魚は人気魚であった。

長次郎《ちょうじろう》は白魚を丁重に扱った。

「白魚尽くしにしてくれよ」

客たちが頼んでも首を横に振って、

「お一人様、一ちょぼでご勘弁いただきます」

旬だからと言って、客の喜ぶ尽くしなどにはせず、白魚二十匹分である一ちょぼでもてなした。

ちょぼというのは賽子《さいころ》の目を足すと二十一になることに由来する。従って、元々は二十一匹を一ちょぼとしていたのが、時が経《た》つにつれ、わかりやすい二十匹となったのである。

「白魚は権現様（徳川家康）ゆかりの有り難い魚だからな、馬の飼い葉みてえには食わせられない。思わず、拝みたくなるほどの量がいいところさ」

季蔵《としぞう》は亡き先代主、長次郎を思い出していた。

「白魚は権現様が尾張《おわり》名古屋から江戸に移して、増やしたという説もあるけど、これはまことしやかな嘘《うそ》っぱちで、もとから、白魚は江戸前の魚だろ」

船頭だが浅蜊《あさり》や蛤《はまぐり》売りも兼ねる豪助は、白魚がどんな魚より好物であった。

「何と言っても、あの姿がいいよ。細くて白く透き通っていて、顔見せを始めたばかりの無垢《むく》な茶屋娘みたいだ」

「ただし、権現様が摂津国《せっつのくに》佃村（大阪市西淀川区佃）から漁師たちを呼び寄せて、佃島を与えたというのは本当だ。洲《す》を埋め立てて、その漁師たちが住みつき、白魚漁を行ってきたのだという。権現様は漁師たちを白魚役に取り立てて、白魚を納めさせ、屋敷まで与えたそうだ」

これは季蔵が長次郎から聞いた話である。

「白魚漁はいいぜ」

舟の上で篝火《かがりび》を焚《た》きながらの白魚漁は、早春の佃島の風物詩である。豪助は漁師たちに頼んで、白魚漁を見せてもらったことがあった。

「篝火に照らされて、引き上げたばかりの四手網《よつであみ》が白くきらきら光ってるんだ」

四手網というのは四隅を竹で張った網である。

「そいつがやけに清らかな綺麗《きれい》さでね。極楽の色ってえのは、こういうもんじゃねえかって、うっとり、見惚《みと》れちまうのさ」

「きっと権現様も白魚の姿や無垢な色を好まれたのね」

おき玖《く》が相づちを打つと、

「夜には初物を頼むぜ」

そう言って豪助は帰った。

——味の方はどうなんだろう——

季蔵は仕入れたばかりの白魚を見つめた。

正直、季蔵は白魚の味がずば抜けているとは思っていなかった。あっさりと淡泊ではあるが病みつきになるほどではない。

——とっつぁんが、白魚を尽くしにしなかったのは、権現様を崇《あが》めるためだけではなかったのではないか——

塩梅屋では長次郎に倣って、旬の白魚は、小鉢の突き出しだけと決めている。これは、生の白魚に梅風味の煎《い》り酒《ざけ》をかけただけのものであった。

「白魚が大人気ね。今年あたり、白魚を尽くしにしたらどうかしら？　おとっつぁんはああ言って譲らなかったけれど、今の塩梅屋の主《あるじ》は季蔵さん。遠慮しなくていいのよ」

「白魚尽くしですか——」

「まず、突き出しはいつもの小鉢でしょう。それから卵とじにかき揚げもいいわね。あと吸い物に白魚飯――。どれも、皆さん、大喜びするわ」

白魚飯は薄い塩味と醬油《しょうゆ》で炊いた飯の上に、生の白魚を載せ、酒を少量ふりかけて蒸らす。

「どうしたの？　あんまり、気乗りがしてないようだけど――」

おき玖は季蔵の顔色を読んだ。

「白魚に限って言うと、卵とじは卵の味、かき揚げは、一緒に合わせる三つ葉なんぞの香りばかりが際立つように思います」

「たしかに白魚って、そう味のあるものじゃなかったわね」

「あと吸い物にしても、ろくに出汁《だし》など出やしませんから、姿だけですよ、見事なのは。でも、まあ、あの白い姿が水に見立てた汁の中を、ゆらゆら泳いでいる様は、そう悪いものではありません。ですが、白魚飯となると、醬油と酒の味が強い飯というだけです。白魚を醬油が染みていない飯粒と間違えるのが関の山、白魚の精彩はどこにも感じられません」

「それじゃ、塩梅屋の白魚尽くしは今年もなしというわけね」

おき玖はため息を一つ洩《も》らして、

「何だか、季蔵さん、おとっつぁんに似てきたわね」

「似てきたついでに、とっつぁんなら、白魚の突き出しをどう工夫するだろうかと、考えてみようと思っています」

こうして、季蔵は白魚の突き出しに手を加えた。長次郎伝授の定番に、菜種油で揚げた一口大のかき揚げを添えたのである。白魚の天麩羅《てんぷら》には、白身魚を引き立てる昆布風味の煎り酒がよく合った。

「あら、白魚の天麩羅って、生で食べる時よりよほど味が深い。鯛《たい》や平目に比べても劣らないしっかりした味で、それで昆布風味の煎り酒ともぴったりなのね」

「白魚だけだからです。これに三つ葉や芹《せり》などを混ぜてかき揚げにしてしまうと、嵩《かさ》が増えるだけで、せっかくの味が消えてしまいます」

「これで塩梅屋の新しい白魚料理が一つできたじゃないの」

おき玖は自分のことのようにうれしかった。

そんなおき玖が以前、通っていた三味線の師匠おうたに道でばったり出会ったのは、それから三日後のことであった。

「お師匠さん」

「もしかして、おき玖ちゃん」

——あの時は八つ年上のお師匠さんが、もの凄《すご》く年長に見えたけど、今は年の差なんて感じない——

昔も今もおうたは着こなし上手で垢抜《あかぬ》けていた。

「あの時は本当にごめんなさい」

おうたの教え方は評判がよくて、稽古《けいこ》に通う者が増え続けていたにもかかわらず、ある日、突然、〝本日にて稽古を仕舞《しま》います〟と戸口に貼《は》り紙がされ、おうたはいなくなってしまったのであった。その後、払い過ぎた謝儀（月謝）は人を介して戻されてきたが、届けに来た使いの者は、おうたとは何の面識もなかった。

「いいんですよ。きっと深い事情があったんでしょうから」

二人は近くの茶店に並んで座った。

「でも、お師匠さん、今度は話してくださいね。前の時はあたし、まだ子どもでしたけど、今はもう立派な大人なんですもの」

おき玖は父長次郎を亡くした話をした。

「さぞ、辛《つら》かったでしょうね」

おうたは涙ぐみ、

「それでいろいろ、わかるようになったのね。おき玖ちゃんも」

目を伏せた。

「お師匠さんは今、辛そうだわ」

おき玖は言い当てた。

「相変わらず綺麗で、昔と変わってないけれど、浮かない様子ですもの」

「実はあたし、今はもう、三味線を教えちゃいないの」

おうたはおき玖たちの前から、姿を消した後の長い話を始めた。

「南新堀町の海産物問屋撰味堂《せんみどう》を知ってる？」

「もちろん。有名ですもの」

「そこの旦那《だんな》がお内儀さんを亡くした後、あたしのところへ三味線を習いに通ってきていたのよ」

「ちっとも知らなかったわ」

「子どもだったおき玖ちゃんに気づかれてはお仕舞いよ」

おうたは苦笑して、

「あたし、その人、幾右衛門《いくえもん》さんに望まれて夫婦《めおと》になることになったの」

「まあ。お師匠さんもお相手が好きだったのでしょう？」

「ええ、それはもう。でもね、あたし、いよいよとなると、不安になってきて、幾右衛門さんに、夫婦になる代わりに、守ってほしいことがあるって言ったの」

「どんなこと？」

おき玖には見当もつかなかった。

「足入れ婚」

足入れ婚とは、嫁となる女がしばらく婚家に住んで、婿となる男と夫婦同然の生活を続けてから、婚礼を挙げるのである。婿や婚家が嫁にふさわしくないと判断すると、婚姻を取り止《や》めて実家に戻すことも、稀《まれ》ではあったが、皆無ではなかった。

二

「足入れ婚なんて――」

女に不利ではないかと続けようとしたおき玖に、

「幾右衛門さんには前のお内儀さんとの間におきちちゃんという女の子が居たのね。あの頃、おきちちゃんは五歳だった。あたし、店のことは何とか努力すれば出来て、お内儀さんらしくなれても、あの子のいいおっかさんになる自信はなかったのよ。あたしは小さい時に両親《ふたおや》に死なれて、ずっと親戚《しんせき》に世話になって暮らしてきたから、突然、血のつながらない子の母親になるなんて、あんまり、荷が重すぎて――」

当時を思い出したのだろう、心細げに声を低めた。

「だからね、おきちちゃんと上手《うま》くやっていけなければ、あたし、撰味堂のお内儀にはならないつもりだったの」

おうたはその時の覚悟のほどを話した。

――でも、お師匠さんならきっと仲良くなっただろう――

三味線を習う女の子たちは、五歳よりは年嵩であったが、気の細かいおうたは、少女たちの気持ちをはかることが巧みで、弟子たちは誰もがおうたを慕っていた。稽古の後、いつも用意されていた五色の金平糖《こんぺいとう》の味や、おうたの笑顔が醸し出していた、心地よく包み込まれるような優しさを、今でもおき玖はなつかしく思い出すことがある。

——声のいいお師匠さんに草紙本なんぞを読んでもらうと、幼い子はうっとり聞き惚《ほ》れるだろうし——

案の定、

「おきちゃんはよくなついてくれたわ。〝まだ小母《おば》さんなのよ〟って言いきかせてたんだけど、いつのまにか、〝おっかさん〟って、教えもしないのに言いだすようになって——。二人で双六《すごろく》やお手玉をしたり、夜はあたしが子守歌を歌ってやらないと眠らないほどだった」

——じゃあ、どうして、今——

おうたは昔と変わらず艶《つや》っぽく、小綺麗に身繕っていたが、とうてい、大店《おおだな》のお内儀には見えなかった。

「祝言は挙げたんですか？」

おき玖は恐る恐る訊《き》いた。

「いいえ」

おうたは首を横にして、寂しそうに笑った。

「足入れ婚だと言ったでしょう」

「追い出されたんですか」

「それは——」

「奉公人のせいだわ、そうに決まってる。お師匠さんがてきぱきと何でもするのを妬《ねた》んで――」

「そうじゃないのよ。店の人たちは皆、親切だったわ。あたしも皆が大好きだった」

「じゃあ、何の理由があって――」

「むずかしいところね」

そこでおうたは口を閉じた。

――お師匠さんは話したくないのだ――

おき玖も黙り込んだ。

すると、おうたは、

「でも、もうそのことはいいの。ずいぶん昔のことだもの。気が気でならないのは、今の撰味堂で起きてることなのよ」

出会った時と同じ暗い顔になった。

「撰味堂さんに何が？」

「十日ほど前に、幾右衛門さんがいなくなってしまったの」

「ひょっとして神隠し？」

「それはまだわからないけれど」

「心配ですね」

大店の主ともあろう者が、自分から行方をくらます理由があるとは、おき玖には思い難《がた》かった。

「何か心に思い悩むことでも？」

「大番頭さんに商いは順調だったと聞いたわ」

「残されたた娘さん、おきちちゃんでしたっけ、一緒におとっつぁんを案じる、新しいおっかさんはいるんでしょうね」

「幾右衛門さんは独り身のまま」

「じゃあ、おきちちゃんはさぞ、心細いでしょうね」

「月日が経って、おきちちゃんも十二歳。それで、あたし、どうしても、おきちちゃんが気にかかって、撰味堂へ訪ねて行ったのよ」

「おきちちゃん、喜んだでしょう」

「ところが――」

言葉が止まり、おうたの目に涙が浮かんだ。

「あたしが〝あの時の小母さん、おうたよ〟って言っても、おきちちゃん、〝知らない、会ったこともない〟って言うばかり。二回目は顔さえ見せてくれなかった」

「五歳なら覚えてるはずでしょうに」

「あたしも覚えていてくれるとばかり思ってたから、たまらなくて――」

おうたは手の甲で涙を拭《ぬぐ》った。

「でも、仕方がないのよ。あたしだけが一方的に、おきちちゃんのことを忘れずにいて、お腹《なか》こそ痛めなかったけれど、我が娘《こ》のように想《おも》い続けてただけのことですもの」

「いいえ、ずっと独り。撰味堂を出てからどなたかと？」

「いいえ、ずっと独り。子どももいないわ。たとえ離れていても、おきちちゃんがあたしの娘だって、ずっと思っていたし、あれほど、愛《いと》おしく思えることのできる娘は、おきちちゃん以外にいるはずがないもの」

――だとしたら、お師匠さんはどうやって暮らしをたてているのだろう――

「あたしの暮らしぶりを案じてくれているでしょう」

おうたは見抜いて、

「本湊町《ほんみなとちょう》で小さな一膳飯屋《いちぜんめしや》をやっているの。撰味堂を出てすぐ始めたのよ。名は鰯屋《いわしや》。女が一人で食べて行くだけだから、四、五人座ればいっぱいで、酒の肴《さかな》は鰯料理ばかり。鰯って下魚《げざかな》と言われているけれど、一年中あって、味が濃くて深くて、料理次第では天井知らずの美味《うま》さでしょう。あたしはそれが気に入って、毎日、安くて飛びっきりの鰯料理でお客さんをもてなしてるの」

翳《かげ》りのない笑顔を向けた。

「だから、もうお師匠さんなんて言わないで。おうたと呼んでちょうだい」

「じゃあ、おうたさん……しっくりこないわね。やっぱり、あたしにはいつまでもお師匠さんだわ」

「そういえば、おき玖ちゃんのところも、同じ一膳飯屋だったわよね」

「ええ、そう」

おき玖は長次郎の跡を季蔵が継いで、二代目塩梅屋を名乗っていることを告げた。

「その人、若いんじゃない？」

「どうして、わかるの」

「その人の話をしてる時のおき玖ちゃんの目、切なそうだから」

「嫌だわ、お師匠さん」

おき玖は知らずと赤くなった。

「おき玖ちゃんも辛いことがあるみたい」

図星を指されて、

——もしかして、お師匠さんが祝言を挙げなかった理由って、幾右衛門さんの亡くなったお内儀さんのせいかもしれない。亡くなった妻《ひと》への思い入れがあまりに強すぎたとしたら——

おき玖は季蔵の心を占めている、かつての許嫁《いいなずけ》瑠璃《るり》へと想いを馳《は》せた。

侍だった季蔵は、主君の放蕩《ほうとう》息子の横恋慕で瑠璃を奪われ、濡《ぬ》れ衣《ぎぬ》を着せられて出奔《しゅっぽん》せざるを得なかった。

一方、放蕩息子の側室になった瑠璃《ま》は、料理人になった季蔵と再会を果たしたものの、主君父子が殺し合うという惨事を目の当たりにして、正気を失い、長きにわたって生ける屍《しかばね》と化してしまっていた。

季蔵はこの瑠璃が預けられている、南茅場町《みなみかやばちょう》へ黙々と足を運んでいた。

――季蔵さんもまた、瑠璃さんとの思い出の中で愛を育み続けている。死者と同じだとは言えないけれど、誰もその世界に足を踏み込むことはできない――

「生きてるって辛いことだもの」

――とはいえ、あたしの辛さはこの人たちほどじゃない――

おき玖はうつむいて、また、こみあげてきた涙を隠しているおうたを気づかった。

「あたしで役に立てることがあったら――」

「その科白《せりふ》――」

おうたは泣き笑いして、

「あたしも、おきちちゃんに言ったのよ。そうしたら、あの娘、〝そんなこと言ってくれたって、少しも有り難くない。役に立ちたいなら、大好きなおとっつぁんを草の根を分けても探してほしい〟って言ったの。あたしと話をするのは、探し当ててくれた時だって――」

「子どもとはいうものの、ずいぶんなことを言うんですね」

「無理もないわよ。あたしが知る限り、幾右衛門さんはいつも強気で、頼もしかったもの。その幾右衛門さんが、どうしていなくなってしまったのか、あたしがおきちちゃんでも知りたいわ」

「お師匠さんに心当たりは？」

「前から幾右衛門さん、〝先々代の頃、うちは江戸随一の海産物問屋と言われた。ところがおやじの代になって一、二になり、今では五本の指に入ると言われている。これでは気に入らない。江戸随一に返り咲きたいものだ〟っていうのが口癖だった。だから、商いに関《かか》わってのことだと思うけれど――」

商売敵《しょうばいがたき》でも見るような目で、縁台に敷かれている赤い毛氈《もうせん》を見つめた。

三

帰って、おき玖はこの話を季蔵にした。

「それで、今は鰯屋をやってるお師匠さん、撰味堂の主がいなくなった理由を調べようとしているのよ。我が娘同然に思ってきたおきちちゃんへの、自分ができるせめてものことだって言って。でも、そんなこと、岡っ引きでもない、飯屋の女将《おかみ》さんが動いてわかるものなのかしら？」

「たしかに――」

季蔵はおうたの気持ちはよくわかったものの、何かわかるとは思い難かった。

「田端《たばた》様や松次《まつじ》親分に頼めば――」

「撰味堂さんは大店ですから、もうすでに、お役人たちに、神隠しの届けを出しているはずです。あちらはお役目で探しているのですから、横やりなど入れられませんよ」

「そう言われてみればそうね」

おき玖は物言いたげに季蔵をじっと見つめた。

——こればかりはわたしの仕事ではない——

季蔵が長次郎から継いだのは塩梅屋だけではなかった。長次郎にはもう一つ、裏の顔があったのである。長次郎は北町奉行烏谷椋十郎《からすだにりようじゆうろう》の配下として、奉行所役人が関わることのできない武家に潜入したり、御定法では裁くことのできない悪人を成敗していた。闇《やみ》に乗じて動く隠れ者だったのである。

もちろん、おき玖は父が隠れ者であったことも、季蔵がその仕事まで受け継いでいることも知らなかった。

「あたしに手伝えると思う？」

おき玖は思い詰めた目になった。

——どんな事情で別れたのか知らないけれど、お師匠さんには幾右衛門さんへの想いがきっとまだあって、その証《あかし》が幾右衛門さんと血を分けたおきちちゃんなのだわ——

「それはちょっと——」

季蔵は口籠《くちご》もった。

「おとっつぁんならどうしただろうと思って——」

おき玖は季蔵の泣き所を心得ていた。

「どうなさったでしょうね」

「おとっつぁんなら、幾右衛門さんがいなくなった理由を突き止めて、お師匠さんに話し、仕舞いには三人を家族にしてしまうわ」

おき玖がきっぱりと言い切ると、

「まいりました」

季蔵は苦笑して、

「わたしも、とっつぁんの通りにいたします」

撰味堂の主がいなくなった理由を突き止める手助けをする、と約束した。

翌日の昼近く、季蔵とおき玖は本湊町へ足を運んだ。

「鰯屋は小さな商いなので、昼も出しているそうなの」

「どんな料理を出しているか、気にかかります」

季蔵は目を輝かせた。

「あら、しばらくぶり――」

おき玖は微笑《ほほえ》んで、

「季蔵さんが、そんな目になったの、〝目黒のさんま〟の時以来だわ」

季蔵が落語の〝目黒のさんま〟に掛けて、秋刀魚《さんま》料理に腕を振るったのは昨年の秋のことであった。

「鰯は秋刀魚に負けず、劣らず、脂がよく乗っていて、味が濃く深い魚ですからね。白魚屋敷から上様に献上される白魚は風情がありますが、味では鰯に敵《かな》わないとわたしは思っています」

「もしかして、季蔵さん、白魚じゃなくて、鰯尽くしの料理でお客様たちをもてなしたいんじゃないの？」

「ええ、実はそうなのです。とっつぁんがいつだったか、〝秋刀魚の尽くしはちょいと脂が多すぎて胃もたれしちまうが、その点、鰯なら脂がほどよくて、尽くしにしても悪かない〟って言ったのが忘れられなくて――」

「ふーん。いろんな煎り酒と同じで、それもおとっつぁんのやり残したことだったわけね」

「そんな気がしてるだけです」

「たしか、川柳に〝いわしより外《ほか》を喰《くら》ふと穴が開き〟っていうのがあったわね」

鰯さえ菜にしていれば、家計に支障はないという意味である。

「どこの家でも三日に一度は鰯でしょう？　よほど工夫しないと、お客さんたちがいい顔をしないわよ」

「ですが、同じく川柳に〝安けれど鰯は空にあらわれる〟というのもありますよ」

「鰯雲のことね」

「鰯雲は親しみ深いが手は届かない。そんな鰯尽くしを作ってみたいと思っているんです」

「これが鰯かと唸《うな》らせる料理ってわけね」

「そのつもりで考えています」

「楽しみだわ」

おき玖は自分のことのように心が弾んだ。

おうたの鰯屋は繁盛していた。二十人もの客たちが店の前に並んで順番を待っている。

「今日は俺の鰯飯だよ」

「今日だけじゃないか。明日は千疋飯《せんびきめし》だ」

「ここの鰯飯は天下一品さ」

「千疋飯だって退《ひ》けをとるもんか」

「鰯飯が一番」

「それを言うなら千疋飯だ」

「子が親より偉《えれ》えわけがないぞ」

千疋飯とはちりめんじゃこのかけ飯で、ちりめんじゃこは白子《しらす》を干したもので、鰯の幼魚であった。

「なにお、鳶《とび》が鷹《たか》を生むってこともあるんだ」

言い合った挙げ句、摑《つか》み合いになりそうな職人風の二人を、

「まあまあ、美味《おい》しいものを前に喧嘩《けんか》は御法度《ごはっと》ですよ」

居合わせた年配の客が止めた。

二人は半刻（約一時間）ほど待って、おうたの鰯飯に箸をつけることができた。

鰯屋の昼餉《ひるげ》はこの鰯飯に、春野菜がたっぷり入った鰯団子の汁で、三十二文であった。

おおかたの店は五十文はとるので、これは驚くほど安い。

「昼餉は年中、鰯飯と千疋飯を交代で出してるんです。変えるのは団子汁の青味ぐらいのもので──」

忙しく立ち働いているおうたは頬《ほお》を上気させている。

季蔵は料理人の目でおうたの手元を追った。鰯は頭と腹わたを抜いてよく洗い、醤油と酒、味醂《みりん》に漬けておく。その鰯を研いだ米の上に置いて炊きあげていた。飯の上の鰯の骨を取って、さっくりと混ぜ合わせて椀《わん》に盛りつけ、小口切りにした葱《ねぎ》と千切りにした生姜《しょうが》をのせ、煮立てた出汁に、少量の醤油と塩で味付けしたかけ汁で仕上げる。

──鰯の代わりにちりめんじゃこを使うと千疋飯なのだな。添えるのは、生姜ではなくおろし大根、一味唐辛子の方が合いそうだ──

大鍋に煮えている鰯の団子汁からは、芹の清々《すがすが》しい香りが漂っている。

「飯も安くて美味いが、女将もいい女だ」

「鰯の活《い》きがよくて、ちっとも臭みがねえのは、女将が毎日、手で捌《さば》くからだそうだよ」

「俺も一度女将に捌かれてみてえよ」

「助平はたいがいにしろ」

「わかったよ。いい飯屋を見つけたということにしておく」

暖簾《のれん》を潜《くぐ》って帰って行く客たちの声がした。

昼時の最後の客が出て行くと、

「来てくれたのね、おき玖ちゃん」

ふーっと一息ついて、手巾《しゅきん》で額の汗を拭うと、おうたは茶を淹《い》れた。

「御馳走《ごちそう》様でした」

季蔵の言葉に、

「この方、もしかして？」

おうたはおき玖の方を見た。

「塩梅屋季蔵です。申し遅れました」

季蔵は挨拶《あいさつ》がまだだったことに気がついた。

「この季蔵さんがね、撰味堂さんのことを聞いて、幾右衛門さんを見つけ出して、お師匠さんとおきちちゃんが昔のようになれるよう、一肌脱いでくれるっていうの。おとっつぁんならそうしたと思うし、そうよね、季蔵さん――」

おき玖に相づちをもとめられた季蔵は、

「どうかお役に立たせてください」

さわやかな口調で続けた。

「ありがとうございます」

おうたは深々と頭を下げたものの、

「でも、そのことは――」

一時、客の応対で明るかった顔が翳った。

「わかったということですか？」

季蔵は訊いた。

「ええ」

おうたは頷《うなず》いて、

「撰味堂の大番頭さんがここへ来て、おきちちゃんは、品川《しながわ》の遠い親戚に厄介になることになったって言ったんです。だから、もう、旦那様を探さなくていいと、おきちちゃんがあたしに伝えてほしいと――。もしもの時は、幾右衛門さんがそうするようにと言い置いていたそうです」

おうたは泣くまいと唇を嚙《か》みしめている。

四

「もしもの時って――」

おき玖と季蔵は顔を見合わせた。

――とりあえずはここを出ましょう――

季蔵の目に促されておき玖は鰯屋を出た。

「あら、撰味堂さんへ行くんじゃないの？」

「わたしたちと撰味堂さんは何の関わりもありません。訪れたところで、大事な話をしてくれるとはとても思えないのです」

季蔵の足は松次の居る番屋へと向かっていた。がたぴしと軋《きし》む番屋の腰高障子を開けると、

「塩梅屋が番屋に何用でい？」

不機嫌な松次の声が飛んだ。松次は甘酒の次に好物の金鍔《きんつば》を手にして、ほおばりかけていたところだった。

「実は折り入って、親分にお訊《たず》ねしたいことがございまして――」

「そう言ってもらっても、俺はお上から十手《じって》を預かっている身だ。軽々しくぺらぺらしゃべるわけにはいかねえ」

松次は金壺眼《かなつぼまなこ》をわざと伏せた。

「親分、塩梅屋も甘味《かんみ》を始めようかと考えているんですよ」

おき玖が笑いかけた。

「親分のお好きな大納言や白砂糖をたっぷりと使って――」

「そうかい、俺は白餡《しろあん》も好きだぜ」

松次の瞠《みは》った目が細くなった。

大納言とは小豆《あずき》のことで、白餡は白いんげん豆から作られる。

「一番好きなのは、柄にもなく、煉《ね》り切りなんだが、値がいいんで、そうそうは食えない」

煉り切りは白餡に、求肥《ぎゅうひ》やツクネイモなどを加える、京から伝わった雅《みやび》やかな上生菓子である。

「親分のために煉り切りを拵《こしら》えてみようかと、今、思い立ちました」

おき玖は必死であった。

「そりゃあ、うれしいね」

松次は笑み崩れて、

「ところで、何だっけ。訊きてえってえ話は？」

松次は季蔵の方を見た。

「いなくなった撰味堂さんのことです」

切り出した季蔵に、

「知り合いかい？」

「あたし、昔、三味線を習ってて、そのお師匠さんの知り合いなんです」

「主のこれかい？」

小指を立てた松次におき玖は小さく頷いた。

「そうとなりゃあ、心配だったろうな」

「ご主人の身に何かあったんですか？」

おき玖は畳みかけた。

「死んだよ」

ぽつりと洩らした松次に、

「どこで見つかったのです？」

思わず季蔵は訊いた。

「大川？　それとも誰かに――」

おき玖は胸が潰れる思いであった。

「見つかったのは向島《むこうじま》にある撰味堂の寮だった」

「それでは、いなくなったというのは――」

「方便さ。熱が出て倒れ、何日も寝た挙げ句、とうとういけなくなったんだという話だ。撰味堂の主は、日頃から、自分が病みつくようなことがあったら、治るまで、しばらくは、神隠しに遭ったことにするようにと言っていたそうだ。命を落とすようなことがあったら、通夜も葬式もせずに、早桶《はやおけ》にでも納めて菩提寺《ぼだいじ》に弔うようにと――。負けず嫌いな気性だったんだな」

「熱のある身を向島まで運ばせたのでしょうか」

季蔵は首をかしげた。

「まあ、そうだろう」

松次は目を逸《そ》らした。

——何かあるな——

季蔵は直感した。

「それでは親分、これで。煉り切り、必ず作りますから」

見切りをつけたおき玖が先に外へ出た。

「どこへ行くのです？」

今度は季蔵が訊いた。

「早桶屋よ。そこで何かわかるかもしれないわ」

早桶というのは、骸《むくろ》を納める下等の棺桶《かんおけ》のことであるが、早桶屋とは葬儀屋なのであった。

「おとっつぁんの時以来だな」

早桶屋は小柄な身体《からだ》に相応した小さな目をぱちぱちさせて、眩《まぶ》しそうにおき玖を見た。

「そういえば、そうですね」

「早桶屋と始終会うのもおかしな話だよ」

恥ずかしそうに目を逸らした早桶屋に、

「訊きたいことがあって来ました」

おき玖は口火を切った。

「俺でわかることだといいけど」

「早桶屋さんはお役人とか、岡っ引きじゃあないから、知ってることは話してくれますよね」

　おき玖は押しの強さを発揮した。

「でも、俺がどんなことを知ってるって言うんでえ」

　早桶屋は不安そうに首を横にした。

「骸のこと」

「誰の？」

「撰味堂のご主人、心当たりはないですか？」

「撰味堂なら、一昨日、早桶を運んだばかりだよ」

「その早桶を担いで、菩提寺まで運んだ人足《にんそく》に何か聞いていませんか？」

　季蔵が口を挟んだ。

「おかしな話は耳にしたけど、まさか――」

「そのおかしな話を話してよ」

「人足たちの話じゃ、桶の中の骸は撰味堂の旦那のはずねえって。急な病で死んだ旦那が、首にぐるりと赤い筋をつけてるのはおかしいと――」

「その骸には首を括《くく》った跡があったのですね」

　季蔵が念を押すと、早桶屋は怯《おび》えた目で頷いた。

「骸あっての生業《なりわい》とはいえ、首括りの骸は、恨みがましくて嫌なもんだよ」

　礼を言って店を出ると、二人はいよいよ撰味堂へと向かった。

「いったい、何がどうなっているのか――」

おき玖は左右に首を振った。

「撰味堂の墓所に葬られた骸は、本当に幾右衛門さんのものだったのかしら？」

「お嬢さん、これからが正念場です。当たり前に渡り合っては、真相を知ることなどできはしません。ここは、一つ、わたしのすることを黙って見ていてください」

「わかった」

撰味堂は大戸が下りていた。本日休業の貼り紙も見える。

「おかしいわ。通夜も葬儀もせずに、主を葬ってしまったというのに、なぜ、店を閉めてしまっているのか――」

「それはこれからわかるはずです」

季蔵は勝手口に回ると、

「木原店《きはらだな》にある一膳飯屋塩梅屋の主季蔵と申します。是非、お知らせしたいことがございまして伺いました」

応対に出た女中の一人に挨拶した。

――これじゃ、いつもの挨拶じゃないの――

季蔵が別人になりすまして、一芝居打つと思っていたおき玖は拍子抜けした。

「出張料理の押し売りなら間に合ってますよ」

鰓《えら》の張った年配の女中はすげなかった。

「実は亡くなられた旦那様のことで、どうしても、お知らせしたいことがあるのだと、奥へお伝えいただきたいのです。これはとても大事なことです」

わかったと告げる代わりに、女中は背中を見せ、ほどなく、戻ってくると、

「大番頭さんがお会いになるそうです」

二人は客間へと通された。

「お待たせしました。大番頭の蓑吉《みのきち》でございます」

年の頃、四十半ばの蓑吉は緊張の面持ちで頭を垂れた。

「旦那様のことでおいでになったとか――」

「どうしようかと迷い、女房にも打ち明けた末、伺うことにしたのです。昨夜、わたしは夜も更けて、出張料理から戻る途中早く帰ろうと、こちらが菩提寺に定めている正源寺《しょうげんじ》を抜けようとしていたのです。その時、ぼーっと青い光が見えて、前に人影が立ちはだかりました。この世の者ではないかもしれない。咄嗟《とっさ》にそう思ったのは、その男の首に縊《くび》れた跡が付いていたからです。恨めしそうな目もしていました。わたしは勇気を振り絞って、〝何か言いたいことがあるのではないですか〟と訊きました。すると、その男はおいで、おいでと手招きして、撰味堂さんの墓所へとわたしを導いて行ったのです。気がつくと、わたしは新仏《にいぼとけ》となった、こちらの旦那様の墓の前に立っていたのです。旦那様はこの世に想い、または恨みを残して、亡くなられたのではないでしょうか。そうだとしたら、このままではいけません。成仏できるよう、ねんごろな供養をなさらなければ――」

黙って聞いていた蓑吉の顔が、みるみる青ざめた。

五

――あたしの役回りは季蔵さんの女房なのね――

おき玖は複雑な気持ちであったが、

「あたしのおとっつぁんは殺《あや》められました。それで、おとっつぁんがあたしの夢枕《ゆめまくら》に現れて無念を訴えたこともあったんです。亭主からこちらさんの話を聞いた時、あの時のおとっつぁんと同じだと思いました」

さらに蓑吉を一押しした。

「殺められたのであれば、奉行所に届けて、下手人を捕まえてもらうべきです」

季蔵はきっぱりと言い切った。

「たいそうご案じいただいているようですが――。旦那様は殺されたのではありません。覚悟のなさり様なのです」

堰《せき》を切ったように話し出した。

「ご自分で首を括られたということですか」

季蔵はあまりの意外さに目を瞠った。

――いなくなったのだって不思議だったのに、自死だなんて――

おき玖は言葉も出なかった。

「はい。亡くなられたのは三日前です。梁《はり》に角帯《かくおび》をかけて、息絶えておりました」

季蔵は訊かずにはいられなかった。

「書き置きなどは？」

「ございました」

蓑吉は懐に手を差し入れて、

「てまえが見つけて、こうしてしまっております」

幾右衛門の書き置きを広げた。

書き置きは蓑吉宛《あ》てで、それには、

――このたび、撰味堂始まって以来の大厄事を引き起こしたのは、わたしの不始末ゆえである。こうなってしまった以上、一刻も早く、父、祖父等の先祖に詫《わ》びたいと思い立ち、旅立つことにした。蓑吉、暖簾を下ろすことになる、撰味堂の後始末をよろしく頼む。娘のおきちや店の皆にはわたしの無様《ぶざま》な最期は知らせず、志半ばで急な病に罹《かか》り、命を落としたと思わせてくれると有り難い――

「世間には神隠しに遭ったことにしておりましたが、実は、旦那様は向島においでだったのです。骨休めしたいからと。しかし、なかなかお戻りにならないので、どうかされたのかと気になり、三日前、人目に付かぬよう、そっとお訪ねすると、あんなことに……。旦那様は常から潔いご気性でした。そんな旦那様のここまでの覚悟です。あの世の旦那様が、この世に想いを残しているとは思えません」

蓑吉は言い切った。

「書き置きには、自死するしかなくなった経緯《いきさつ》は書かれていませんが、幽霊になって、まだ、この世を彷徨《さまよ》っている以上、あえて書かなかった、無念や恨みがあったのですよ」

季蔵は食い下がった。

――これだけの店が暖簾を下ろす羽目になるのは、もはや、只事《ただごと》ではない――

「おきちさんというのは娘さんですね。残された娘さんのためにも、心晴れてご主人が成仏なされるようにしないと――」

おき玖は相手の泣き所を突いた。

「それはそうでございますが」

蓑吉はじっと目を閉じて、しばらく、考えていたが、

「お元気だった旦那様の顔が目に浮かびました。若い頃の笑顔――」

目を開いて洟《はな》を啜《すす》った。

「旦那様は矜持《きょうじ》のある方でしたから、今回の仕打ちには耐えられなかったのだと思います。旦那様は俵物の商いで大きな失敗をされてしまったのです」

俵物とは煎海鼠《いりこ》や干鮑《ほしあわび》、フカヒレのことであり、これらは幕府にとって、長崎からの高価な輸出品であるほかに、高級料理屋で供された。海産物問屋が扱う、最も旨味《うまみ》のある商品ともいえた。

「俵物を扱うのは今に始まったことではないでしょう」

「もちろん、そうでございます。ですが、今回の大仕事には一関藩《いちのせき》の後ろ盾がございましたので、旦那様は大船に乗った気で、大きな賭《か》けをなさったのです」

奥州《おうしゅう》の海で多くとれる俵物は、外様《とざま》大名たちの恰好《かっこう》な財政の一助であった。

「こちらは、以前から一関藩と関わりが深かったのですか」

「いいえ、今回が初めてでございます。仙台藩の支藩である一関藩は、領内に仙台領があるなど、何かと、仙台藩の干渉を受けていると聞き及んでいました。財政は常に厳しく、形ばかりの援助を仙台藩からほどこされても、借金は膨らむばかりだと——。ですから、こう申しては何ですが、旦那様から一関藩の俵物の話を聞かされた時、てまえはここと関わって商いが上手《うま》く行くとは、どうしても思えなかったのです。ああ、あの時に何としても、お止めしておくのでした」

蓑助は大きなため息をついた。

「高値で売れる俵物は、たとえ一関藩の漁師たちが命を賭けてとったものでも、仙台藩が握ってしまうのではありませんか？」

「その通りです。そっくり渡していたそうです。ですが、それでは一関藩は窮迫するばかりです。そこで、一関藩の江戸留守居役の佐藤玄播《さとうげんば》様と、御用商人である俵物集荷商と廻《かい》船《せん》問屋が組んで、俵物の一部を横流しし、財政の助けにしようとしているのだと旦那様は話して下さいました。うちは横流しされた俵物を仲介し、市中の料理屋へ売ったり、長崎へ送る役目を果たすだけでいいのです。これで、気の毒な藩も助かって、撰味堂も大儲《おおもう》けできる。これほど、気概のある商いはない、この大仕事で撰味堂を江戸随一に返り咲かせれば、やっと、御先祖様たちと肩を並べられる、撰味堂に幾右衛門ありと後世に伝えられると、旦那様の目は輝いていました。当初はてまえも案じておりましたが、一回目に入ってきた積み荷は大成功でした。一関藩の俵物は他所《よそ》に比べて良質で安く、売値を下げると、これが大当たりして、すべてが順調に運ぶように思えたのです」

「それで二回目は？」

「旦那様はいささか有頂天になっていらっしゃいました。店の者たちに臨時の御祝儀さえ配るほどで――。勝って兜《かぶと》の緒を締めよと、苦言を呈さなかったてまえも悪かったのです。二回目の積み荷をもっと多くと、旦那様は、店を家質《かじち》に入れて五百両を借りたのです」

「店を五百両で？」

季蔵は目を瞠った。

「ええ。旦那様は、いずれその五百両が、十倍になって返ってくると信じて疑いませんでした」

「それが裏目に出た――」

「船が沈みました。俵物は山吹色に変わる前に、海の藻屑《もくず》と消えたのです。旦那様はすぐに、一関藩の江戸留守居役の佐藤様の元へ走りました。何とか、多少の金は返して下さるよう、談判に行ったのです。ところが、佐藤様は会ってもくださらず、旦那様はすげなく、門番に追い返されました。それで、絶望しきった旦那様は、自ら命を絶ったに違いありません。このままでは五百両が返せず、店が潰れるとわかっていたのです」

　話し終わった蓑助はまた、洟を啜った。

「これがてまえの知るすべてです。相手がお大名では、恨みを晴らすことなぞ出来はしません。それは旦那様もご承知のはずです。そして、今のてまえが、無念の旦那様にしてさしあげられることは、店の片付けをすることぐらいです。ですから、また、旦那様の幽霊に出会うようなことがあったら、蓑吉が三代続いた撰味堂らしい、恥ずかしくない仕舞い方をさせていただくので、どうか、安心してほしいとお伝えください」

　――おきちちゃんが親戚の家に預けられるというのも、住む家がなくなるからだったのだわ――

　おき玖はつんと鼻の奥が痛くなった。

「十日後には、この店を明け渡さなければならないので」

　立ち上がった蓑助を呼び止めた季蔵は、

「ところで、撰味堂さんが俵物を多く納めていた料理屋を教えていただけますか」

「そうおっしゃられても、一軒、二軒ではありませんが」

「その中で、旦那様が気に入って、ちょくちょく足を運んでいたところは？」

「それなら、両国《りょうごく》の松木楼《まつきろう》でしょうか。一年ほど前からよくおいでになっていました。何でも松木楼でしか食べられない、お好きな料理がおありだとか――」

「ありがとうございました」

季蔵は礼を言って、おき玖と共に撰味堂を後にした。

「次は松木楼ね」

おき玖は両国へ向かう季蔵と肩を並べて歩いていた。

「次も同じようにお願いします」

「はいはい」

——引き続き、女房のふりをしろということね——

おき玖は複雑な気持ちが深くなった。

「松木楼では、幾右衛門さんの好きだった料理を頼むのでしょ」

「そのつもりです」

「何の料理だか、蓑助さんに訊いてくればよかったわね」

「それは何とかなりますよ。おそらく俵物でしょうし」

「俵物」

絶句したおき玖は俵物が苦手であった。

「俵物と言っても、食べ物ではないかもしれません」

季蔵は謎《なぞ》のようなことを言った。

六

　松木楼は両国にある。只でさえ珍しい俵物を、手の込んだ料理に仕上げて食べさせることで知られていたが、市中で評判なのが煎海鼠《いりこ》の醤油煮で、これに限っては昼だけ格安で供された。

「煎海鼠を試してみろと、とっつぁんに勧められたことがありました。それで、松木楼へ連れて行ってもらったことがあるのですよ」

「おとっつぁん、俵物が好きだったから。特に煎海鼠が――。ただ煎海鼠は、奥州ほど遠くない、金沢八景でもとれることだし、店で出せない値ではないけれど、味付けが難しいんですって。あたしは芋虫がげじげじを背負ったような、あの姿を見ただけでもう駄目。味付けも何もあったもんじゃない」

　きんこ、くしことも呼ばれる煎海鼠は、海鼠《なまこ》を干し上げたもので、大きさは小指ほどであった。これを水に藁《わら》を加えて煮立った土鍋に入れて戻すのだが、煮立てて蒸らし、冷ますという作業を数回繰り返さなければならない。二、三日したら七寸（約二十センチ）ぐらいに戻るので、突起のない腹のほうから包丁を入れて、中の臓物や砂を取りだし、綺麗に洗ってから、葱と生姜と醤油、酒等で味付けするのであった。

「松木楼で食べた煎海鼠の醤油煮は、何とも深いこくのある味付けで、とっつぁんは、

〝こりゃあ、たぶん、清《しん》から入ってくる牡蠣《かき》の油だろう。これさえ、手に入ればな〟と、口惜《くや》しそうでした」

そんな話をしているうちに、二人は松木楼の前まで来ていた。

玄関を入ると、

「すみません。今日の昼の煎海鼠はもうお仕舞いです」

客を送ったばかりの若い仲居が、すまなそうに頭を下げた。

「昼を食べに来たのではないのです。ここの女将さんに折り入ってお話があって――」

季蔵は嘘偽りのない身分を名乗った。

「撰味堂のご主人のことで参ったとお伝えください」

いったん奥へ引っ込んだ仲居は戻ってくると、二人を客間へと案内した。

「お待たせしました。松木楼の女将美依《みい》でございます」

年の頃、三十半ばの細面の女将は、一分の隙もなく、結城紬《ゆうきつむぎ》を着付けている。細面で痩せてはいたが滲《にじ》み出てくる貫禄《かんろく》があった。

季蔵は挨拶を返した後、

「一度、こちらへお邪魔して、美味しい煎海鼠をいただいたことがあります」

「それはそれは――」

お美依の緊張がいくらか緩んだ。

「ここでは、夜の海鼠も大変な人気のようですね」

季蔵はさりげなく持ち上げた。

生の海鼠は何度も晒《さら》すように洗った後、酢の物に作ると酒の肴として絶品であった。しこしことした独特の食感が堪《たま》らない。ただし、こちらは昼の醤油煮とは比較にならないほど高かった。

「松木楼は昼の煎海鼠か、夜の海鼠酢かなどと取り沙汰されておりまして――」

お美依は満更でもない笑みを浮かべた。

「ところで、撰味堂さんのことなのですが」

季蔵は切り込んだ。

「そうでしたね」

お美依は笑みを消した。

「実は、この妹が、名は、き玖と言いますが、撰味堂のご主人と言い交わした仲だったのです」

――今度は妹――

おき玖は当惑した。

――それに死んだご主人と言い交わしていたなんて――

咄嗟におき玖は顔を伏せた。

「まあ」

あろうことか、お美依はやや顔色を青ざめさせて狼狽《うろた》えた。

「おき玖は今でも、亡くなった幾右衛門さんを忘れられないでいるのです」

「それはそうでしょうけれど、でも――」

お美依はじっとうつむいたままのおき玖を見つめている。

「お願いです」

おき玖は顔を上げた。

――ここはお師匠さん、おうたさんに、なったつもりにならねば――

「撰味堂の大番頭さんにもお訊きしてみたんですが、どうしても、今一つ、得心が行かなくて――。ですから、どうか、知っていることがあったら聞かせてください。そうしないと、あたし、いつまでも踏ん切りがつかなくて、毎日、あの人のことばかり考えて、諦《あきら》められないし、前へ進めないんです」

おき玖はすがるような目を向けた。

「あなたの気持ちは、痛いほどよくわかります」

お美依はおき玖からそっと目を逸らして、

「死んだ人を悪く言いたくはないのですが、撰味堂さんはあなたが想っているような男《ひと》ではありません」

きっぱりと言い切った。

「どういうことです？」

おき玖は問い返した。

答える代わりに、お美依はぱんぱんと両手を合わせて、

「おわき、おわき」

呼ばれて障子を開けたのは、さっきの若い仲居であった。

「何でしょうか」

お美依は、

「いいから、ここに座って」

おわきを座らせると、

「おわきはわたしの遠縁の娘です」

と二人に言い、

「おわき、おまえが知っている撰味堂のご主人について話しておあげ」

「でも――」

おわきは不安そうな目で、季蔵とおき玖の顔を交互に見た。

「いいから。人助けだと思って――」

「はい」

おわきは話し始めた。

「撰味堂のご主人は若くはありませんでしたが、渋みのある男前で話も面白く、心配りもあって優しい人でした。ですから、ご主人から好きだと言われた時は、すっかり舞い上がってしまいました」

――季蔵さんが言っていた、俵物は食べ物ではないというのはこのことだったんだわ
――

「おわきの様子がそわそわと落ち着かず、おかしいと思ったわたしが問い糾《ただ》すと、撰味堂さんに言い寄られ、理《わり》ない仲になったと告げられました。おわきは独り身の撰味堂さんのお内儀になれると、信じきっているようなので、思い切って、わたしはご主人に心の裡《うち》を訊きました。すると、あの男は〝まあ、そのうちに〟と曖昧な受け答えをするばかり。わたしには長年の間に培《つちか》った勘で、その気はないのだとわかりました。でも、若いおわきにわかるわけがありません。そうだったね、おわき――」

相づちを求められたおわきは頷いて、

「あたし、馬鹿でした。三月《みつき》ほど前から、ご主人の心がおしまさんに移ってしまっていたんです」

ぽつりと洩らした。

――幾右衛門さんは浮気者だったんだわ――

「そちらさんを前にしてこんなことを言うのもなんですが――」

お美依はおき玖を目の端に入れて、

「他の女に手を出すにしても、よりによって、うちで働いている者の中から、選ばなくてもよさそうなもんでございましょう？」

憤った。

「そのおしまさんは？」

季蔵は訊いた。

「亡くなりました。撰味堂さんがいなくなった後、大川に身投げして――」

おわきがひっそりと答えた。

「罰ですよ」

お美依はぴしゃりと言ったが、

「おしまさん、苦しんでいたようです。店の者たちの話では、亡くなる前、しきりに悔いていたそうですから。どうして、愛しい人《いと》に商売敵を引き合わせてしまったんだろうかって――」

おわきは眉を寄せた。

「愛しい人というのは幾右衛門さんのことね」

おき玖は念を押し、

「商売敵となると、同じ海産物問屋ということでしょう。心当たりはありませんか」

季蔵はお美依に訊いた。

「そうおっしゃられても、市中の海産物問屋となると数え切れませんし」

「ただし、俵物を扱う大手となると限られてくるはずです。そして、おしまさんに引き合わせるように頼める相手となると、当然、この店に始終出入りしていた商人《あきんど》ではないかと――」

「それなら、一関が故郷《くに》の奥州屋彦兵衛《ひこべえ》さんです。奥州屋さんは一関藩の俵物を一手に引き受けていて、納める俵物は、良質で知られています。あのご主人ならわたしとは長いつきあいですし、撰味堂さんに引き合わせて欲しいのなら、わたしを通すはずですが——」

お美依は首をかしげた。

——奥州屋はなぜ、撰味堂を商いに食い込ませたのだろう——

季蔵は訝《いぶか》しんだ。

「ところで、近頃、ここへ上がった奥州屋さんに、何か変わった様子はありませんでしたか？」

「さて——」

しばらく考えていたお美依は、

「そういえば、奥州屋さん、お酒に酔ってこんなことを呟《つぶや》いていましたね。〝欲もほどほどにしないと、痛い目に遭って命まで失いかねない。やれ、うちは買い控えて助かった。くわばら、くわばら〟と。いつになくご機嫌でした」

七

松木楼からの帰路、しばらく季蔵は無言であった。

「女将さんの話、ようは幾右衛門さん、奥州屋に嵌《は》められたってことでしょう？」

おき玖は黙ってはいられなかった。憤りがこみあげてきている。

「確かめたいことがあるので」

おき玖の声など聞こえない様子で、季蔵は再び撰味堂へと足を向けた。

「まだ、何か――」

蓑吉は明らかに迷惑そうであったが、

「手短に話します」

季蔵は松木楼で知り得た奥州屋との関わりを話した。

「そんなことが――」

蓑吉は絶句して、

「少しも知りませんでした。同業者の甘言を信じての商いは危険です。知っていたら、我が身に代えてもお止めしたのに」

涸《か》れ果てているはずの涙を流した。

撰味堂を出ると、

「どうにかならないのかしら?」

おき玖はたまらない気持ちを季蔵にぶつけた。

「騙《だま》された幾右衛門さんはさぞかし口惜しかったはず。何とか、幾右衛門さんの無念を晴らすことはできないのかと」

「わたしもそう思って、蓑吉さんに訊いたのですが、蓑吉さんは何も知らされていませんでしたね。おしまさんは後追いしてしまい、おわきさんや女将さんは、奥州屋が幾右衛門さんと会っているところを見たわけではありません。ただ話に聞いたり、ではないかと思っただけです。しかも、聞いた話にしても、奥州屋という特定はないのです。これでは、奥州屋の企《たくら》みを暴くどころか、幾右衛門さんと奥州屋の関わりの証にさえなりません」

眉を寄せた季蔵は大きなため息をついた。

「船は本当に沈んだのかしら？」

「真偽のほどはわかりませんが、一関藩が口をつぐんでしまっている以上、確かめようがないのです」

「一関藩を詮議《せんぎ》して、お金を取り戻せたら、撰味堂は店を畳まなくて済むのに――」

「町奉行所がお武家を詮議することはできません」

「おしまさんが身投げではなく、殺されたのだとしたら――」

「わたしもそれを考えました。ですが、一度身投げと決まったものを覆すには、それなりの証が必要です。撰味堂の店仕舞いに間に合うとは思えません」

「いっそ、奥州屋の彦兵衛を問い詰めたら、多少、良心に響いて、店を潰さずに済むよう、五百両を都合してくれるかも――」

「わたしもそうあってほしいとは思いますが、まず、無理でしょう。彦兵衛は撰味堂との関わりを、決して、認めようとしないはずです」

「それじゃあ、泣き寝入りってことじゃないの」

おき玖は血の滲むほど強く唇を噛んで、

「このことを、お師匠さんに何て伝えればいいか――」

途方に暮れた。

――こんな酷《ひど》い話、話せたものじゃない――

それから塩梅屋に帰り着くまで、季蔵は一言も口を開かなかったが、翌朝、香ばしい酢の匂《にお》いにつられて、いつもより早く、おき玖が階段を下りて行くと、火が熾《お》きている竈《へっつい》の前に季蔵が立っていた。

「ちょうど出来上がったところでした」

季蔵が微笑んだ。

「召し上がってみてください」

おき玖は深皿に盛りつけられた料理に目を瞠った。

「いい匂い、美味しそう」

「鰯のカピタン漬けです。とっつぁんの覚え書きにありました。前から一度、拵えてみようと思っていた鰯料理の一つでした」

鰯のカピタン漬けは、まず、漬け汁を作る。酢、水に味醂風味の煎り酒と少量の醤油、胡麻油《ごまあぶら》を鍋で煮立たせ、ここに小口切りにした唐辛子を入れ、小指半分ほどの大きさで、縦割りに切り揃《そろ》えた葱、薄切りの椎茸《しいたけ》、戻して千切りにした木耳《きくらげ》を加え十数えて、火からおろす。

頭と臓物を除き、水洗いした鰯を笊《ざる》に上げ、よく水気を切ってから、小麦粉をまぶして、油でからりと揚げ、熱いうちに漬け汁に漬けてよく味を染み込ませる。これがカピタン漬けなのだが、カピタンとは船長の意味であり、〝これは南蛮料理を工夫したものなり〟と長次郎は書き記していた。

箸をつけたおき玖は、

「相手は鰯だっていうのに、朝から、たいした御馳走をいただいた気分だわ」

「お嬢さん、今日あたり、鰯屋のおうたさんのところへいらっしゃるんでしょう？」

季蔵がさりげなく訊いた。

「ええ、でも――」

まだ、おうたに話す覚悟が出来ていなかった。実を言うと、どうしようかと思い悩んで、昨夜はよく眠れなかったのである。

「おとっつぁんだったら、どうするかしら？　救いがどこにもないこんな時――」

思わず、長次郎の名を口にしたおき玖に、

「とっつぁんは本当のことを伝えるはずです」

季蔵は言い切って、

「ただし、相手の辛い胸中を想って拵えた料理を、一緒に届けるのではないかと思います」

深皿の鰯のカピタン漬けを見つめた。

「あたしにこれを届けるようにって言うの？」

おき玖は、はっとしたものの、

「でも、どうして、鰯屋に鰯料理なのかしら？　釈迦《しゃか》に説法だと思うけど」

季蔵の真意がはかりかねた。

「ところで、あそこの女将さんは、どうして、鰯の料理ばかり出す店を開いたのだと思います？」

優しい目で季蔵はおき玖に訊いた。

「安いからだけのことじゃあ、ないでしょうね。もしかして――」

季蔵は大きく頷いて、

「女将さんの料理の腕は確かです。だとしたら、三味線を教えていた頃も、美味しい手料理を作っていたはずですから――」

「鰯は幾右衛門さんの好物」

やっとおき玖は言い当てた。

「そうなのね、それでお師匠さん、鰯ばかり出す店を始めたんだわ」

おき玖は目頭が熱くなった。

「だとしたら、鰯は幾右衛門さんとの思い出、料理を届けても、悲しいだけではないかしら？」

「幾右衛門さんとの思い出は鰯だけではありません」

いのです」

「そうです。ですから、どうか、今、女将さんに、料理の力を信じてほしいと伝えてほし
「わかった、やってみる」

こうして、季蔵に後押しされて、おき玖はおうたを訪ねた。

戻ってきたおき玖は、

「幾右衛門さんの亡くなった話をしたら、お師匠さん、綺麗な顔にすーっと涙を走らせて、〝やっぱり、そうだったのね〟って、商売敵に女絡みで嵌められたことに得心してたわ。幾右衛門さんは、おきちちゃんのおっかさんだった、お内儀さんに死なれてから、すぐに相手に飽きてしまう癖が抜けず、次から次へと遊び続けていたんですって。お大尽だし、男前だったから、女の方もほっとかなくて。それを遊びと割り切れないほど、お師匠さんは幾右衛門さんを好きだったものだから、我慢できずに撰味堂を出たんだそうよ。〝おまえだけは違う。お内儀になってくれ〟と言われても、遊び続ける幾右衛門さんについて行くことはできなかった。もちろん、小さかったおきちちゃんは何も知らずに――」

「おきちちゃんは、おとっつぁんともども、おうたさんに捨てられたと思い込んで恨み続け、それで、何も覚えていない、知らないと言ったのでしょう」

「ええ、それはもう、間違いないわ。そして、お師匠さんは、女にだらしがなかった幾右衛門さんも、娘のおきちちゃんだけは、目の中に入れても痛くないほど可愛がっていたか

ら、ずっといいおとっつぁんだったのだろうって。だから、自分が父娘《おやこ》の前から姿をくらました理由を、口が裂けても、おきちちゃんに言わないと決めているの。二度もおきちちゃんを傷つけたくないと言うのよ。店を出て、幼いおきちちゃんを傷つけてしまったことを悔いているのでしょうね。お師匠さんらしいわ。このままだと、お師匠さんは気持ちを伝えられず、二人は離れ離れになってしまう。お師匠さんは、我が娘同然に思っているおきちちゃんを引き取りたいのに。話を聞いたあたしは、切なくて悲しくて、料理の力を信じるようにっていう、季蔵さんの言葉を伝えるのが精一杯だった——」

おき玖は言葉を詰まらせた。

この日を境に、おき玖はおうたたちの話をしなくなった。季蔵が鰯を捌いていても、声をかけることもせず、目を逸らすようにして、その場から立ち去ってしまう。

おうたからの文が届いたのは、そんなある日のことであった。

文はおき玖と季蔵の両方に宛てたもので、以下のようにあった。

——鰯屋から鰯の子と、店の名を変えた旨をお知らせいたします。料理の力を信じるようにとの言葉は身に沁《し》み、生きる糧《かて》となりました。ありがとうございました——

そして、ほどなく、

「招かれてお師匠さんに会ってきたわ。おきちちゃんが承知してくれて、引き取ることができたのよ。お師匠さん、料理の力を信じて、おきちちゃんに鰯飯と千疋飯を届けたんですって。鰯飯は幾右衛門さん、千疋飯はおきちちゃんの大好物だったのよ。それでおきちちゃん、お師匠さんの気持ちがわかって、二人で抱き合って泣いたそうよ。お師匠さんが店の名を変えたのは、幾右衛門さんに代わって、忘れ形見のおきちちゃんを見守り続けるためだと話してたわ。おきちちゃんとも会ったけど、可愛い娘で、お師匠さんとはずっと母娘《おやこ》だったみたい。二人とも、春の日だまりの中で肩を寄せ合ってて幸せそうだった。あたし、もう、うれしくてたまらなくて——」

おき玖はまた言葉に詰まり、

「さて、それではうちも、母娘の幸せにあやかるとしますか。塩梅屋の鰯尽くしは、鰯の子入りにしましょう」

季蔵は晴れやかに笑った。

解説

細谷正充

和洋中からエスニック。高級料理からB級グルメ。日本にはバラエティー豊かな食文化がある。美味《おい》しいとなれば、出自も食材も問わず、なんでも受け入れてしまうのは、国民性といっていいのかもしれない。そんな日本人だからこそ、料理や料理人が、時代小説の重要な題材になるのだろう。昔から時代小説には、食事シーンが取り入れられていたが、文庫書き下ろし時代小説ブームの中で、それが先鋭化。料理人を主人公にしたり、飯屋を舞台にした作品が急激に増え、ひとつのジャンルとして成立するまでになったのである。本書は、その料理や料理人を扱った作品を集めたアンソロジーだ。一流作家の料理した、それぞれの味わいを堪能《たんのう》していただきたい。

「金太郎蕎麦《そば》」池波正太郎
江戸料理を題材にしたアンソロジーとくれば、この人を外すわけにはいくまい。自分の作品に食事や料理のシーンを鏤《ちりば》め、食に関するエッセイも多数執筆した池波正太郎である。といっても作者は気取った美食家ではなく、ざっかけない庶民の味を愛し続けた。だからだろう、本作に登場するのは、江戸の庶民の味である蕎麦なのだ。

人生の浮き沈みを体験し、ついには身を売るようになったお竹。しかし、ある客が二十両の金をポンとくれたことから、彼女は変わる。自分の力で生きて行こうと決めたお竹は、蕎麦屋を始めた。ところが商いは上手《うま》くいかない。悩んだ彼女は、一世一代の勝負にでるのだが、それが何かは読んでのお楽しみ。女の覚悟、商売の心得、お竹の恩人の意外な正体……。幾つもの読みどころが、美味しい蕎麦のように、つるりと腹に入っていく。歯ごたえがあるのにさっぱりしている、この作者ならではの佳品である。

「一椀《ひとわん》の汁」佐江衆一

作者には『江戸職人綺譚《きたん》』『続 江戸職人綺譚』という、職人を主人公にした短篇集がある。本作はその中の一篇だ。主人公は、庖丁人《ほうちょうにん》の梅吉。江戸前の料理を出す「川長《かわちょう》」でライバルの信三郎と鎬《しのぎ》を削りながら、板元《いたもと》を目指している。親方愛用の庖丁〝重延《しげのぶ》〟を使わせてもらい、信三郎よりも早く向付《むこうづけ》の初鰹《はつがつお》を料した梅吉。惚《ほ》れている幼馴染《おさななじみ》のおさよとの関係も進みそうで、有頂天になっていた。しかし好事魔多し。ある事件を起こしてしまった梅吉は、料理人の道を捨て、蝦夷地《えぞち》まで流れていく。

一瞬の激情により終わってしまった、明るい未来。それ以後の苦渋に満ちた人生。ひとりの男の歩みを簡潔に描き出した作者は、ラストで一椀の汁を作った梅吉に、一筋の光を与える。これが、温かくも切ない。作者は『続 江戸職人綺譚』の「あとがき」で、「江戸の町を舞台とした私の職人譚の一作一作は、名を残さず、技にこだわりつづけて消えていった者たちの、情念の残照かもしれない」といっている。梅吉の作った一椀の汁は、まさに〝情念の残照〟であったのだ。

「木戸のむこうに」澤田ふじ子

秋の京の都。料理茶屋「文殊屋《もんじゆや》」の女主《おんなあるじ》のお高《たか》は、町風呂の片隅で泣いている女を見かけ、声をかけた。千鶴《ちづる》という女から事情を聞けば、恋人で料理人の弥七が、江戸に行くというのだ。料理にさまざまな工夫を凝らす弥七だが、客受けはいいものの板場の悋気《りんき》に遭い、あちこちを追い出されてのことだという。この弥七が「文殊屋」とも、ちょっとした縁があったことを知ったお高は、ひと肌脱ぐことを決意する。

京都で暮らし、京都を舞台にした作品を書き続けている作者は、いうなれば京都のエキスパートである。だから、京料理の歴史にも精通しているのだろう。その驚くべき知識が、物語に盛り込まれている。なにしろ江戸の後半になっても、現在の私たちがイメージする京料理というのは存在せず、「食材は豊富だが、実際にはなんの工夫もされておらず、煮炊きしてそのまま皿や鉢に盛り付けられていた」というのだから、ビックリ仰天だ。ならばいかにして京料理が生まれたのか。作者は弥七が作る、ある料理を通じて、その瞬間を鮮やかに表現してのけた。まさに作者でなければ書けない料理小説なのである。

なお、本作の収録されている『木戸のむこうに』は、京の職人を主人公にした作品を集めた短篇集である。この物語を気に入ったなら、そちらも読んでもらいたい。

「母子草《ははこぐさ》」篠綾子

嬉《うれ》しいことに本作は、このアンソロジーのために書き下ろされた新作である。しかも題材はお菓子だ。近年、西條奈加《さいじょうなか》の『まるまるの毬《いが》』、田牧大和《たまきやまと》の『甘いもんでもおひとつ　藍千堂菓子噺《あいせんどうかしばなし》』、中島久枝《なかしまひさえ》の『日乃出《ひので》が走る　浜風屋菓子話』など、菓子職人を扱った時代小説が増えているが、そこに新たな作品が加わることになった。

駒込《こまごめ》の「照月堂《しょうげつどう》」は、武家や豪商を相手にしている菓子屋である。その「照月堂」の主人・久兵衛の息子の亀次郎には、気がかりがあった。家を出て、庶民相手に菓子を売っている「辰巳屋《たつみや》」で、腹違いの兄の郁太郎《いくたろう》が働いていることだ。菓子作りの才能のある郁太郎に複雑な感情を抱き、かつて母親も絡んだ確執が生まれたことが、今も亀次郎の胸には蟠《わだかま》っている。そんな折、徳川五代将軍綱吉の偏諱《へんき》を受ける柳沢吉保《よしやす》の屋敷の改築が終わったことを記念し、茶会が開かれることになった。そして茶会に出す菓子を「照月堂」「辰巳屋」のどちらにするか、菓子勝負をすることになる。気合を入れて菓子を作る亀次郎。だが、郁太郎が出してきたのは、思いもかけない菓子であった。

職人が語るのは、口ではなく腕。勝負に出された亀次郎と郁太郎の菓子が、それぞれの人としての在り方と心情を露《あら》わにしていく。過去のエピソードとの絡め方も巧みであり、物語の完成度は高い。現在、文庫書き下ろし時代小説で頭角を現している作者だが、それも納得の優れた作品である。

また、柳沢吉保の屋敷の改築や歌人の北村季吟《きぎん》は、ハルキ文庫から刊行された『梨の花咲く代筆屋おいち』と微妙にリンクしている。併せて読むと、より興趣が増すであろう。

「こんち午《うま》の日」山本周五郎

豆腐屋に婿入りした塚次《つかじ》だが、わがままに育ったひとり娘のおすぎは、三日で実家を出《しゅっ》奔《ぽん》した。それでも寺の老方丈《ろうほうじょう》からアドバイスをもらった塚次は、蒲鉾《かまぼこ》豆腐などの工夫を加えて、店を支えていく。だが、傍《はた》から見れば飼い殺し同様に扱われ、さらに商売の妨害まで受けるようになった。新たに店に雇われたお芳《よし》という娘にまで心配される塚次が選んだ未来とは、いかなるものであろうか。

山本周五郎作品は人の情というものを大切にしているが、一方で登場人物の捉え方は冷徹である。ハードボイルド的といっていい。本作もそうだ。婿入り先に尽しながらも、踏みつけにされる塚次。故郷の暗い生活と、真っ当でありたいという性格が、彼の行動規範となり、現在の境遇に自らを縛りつける。理不尽な暴力まで浴びせられる主人公の姿に、心が痛くなった。それだけに、塚次の苦労が報われる展開にほっとさせられる。ラストで彼がうたうようにいう、「――こんち午の日、蒲鉾豆腐に油揚がんもどき……」は、真剣に生きてきた者が上げた、勝利の凱歌《がいか》なのだ。

「鰯《いわし》の子」和田はつ子

アンソロジーのラストを飾るのは、和田はつ子の「鰯の子」だ。「料理人季蔵《としぞう》捕物控」シリーズの第七弾『おとぎ菓子』に収録されている一篇である。主人公の設定については作中で触れられているので、ここでは繰り返さない。料理と探索の腕が確かな、好漢とだけ覚えておけばいいだろう。シリーズ・レギュラーのおき玖《く》の頼みで、海産物問屋「撰味《せんみ》堂《どう》」の主人が消えた謎を追う季蔵は、意外な真実を掘り起こす。

捕物帖《ちょう》としての面白さは当然として、本シリーズのもうひとつの読みどころは料理である。白魚《しらうお》から始まった物語は、やがて鰯料理へと移り、多彩な料理を提供する。特に、季蔵が作る鰯のカピタン漬けが美味しそう。「鰯の子」というタイトルの意味が分かる、ラストの展開もよかった。髙田《たかだ》郁《かおる》の「みをつくし料理帖」シリーズと並んで、料理人を主人公にした文庫書き下ろし時代小説のトップを走っていることを実感できる、充実の一篇だ。

ところで「料理人季蔵捕物控」シリーズは連作長篇であり、最後まで読まないと物語の全体像が分からないようになっている。実は、「撰味堂」の騒動にはさらなる裏があり、それは以後の話で明らかになるのだ。もちろん本作だけでも独立して読める内容になっているが、できれば『おとぎ菓子』も手に取って欲しい。一冊丸ごと目を通せば、また別の味わいを得ることができるのだ。

以上、厳選した六つの物語を並べてみた。どれも逸品といっていい出来栄えだ。読めば幸福、味は口福。江戸の料理小説に、舌鼓を打つこと間違いなしである。

底本一覧

「金太郎蕎麦」池波正太郎　『にっぽん怪盗伝　新装版』（角川文庫　二〇一四年一一月）
「一椀の汁」佐江衆一　『続　江戸職人綺譚』（新潮文庫　二〇〇三年一〇月）
「木戸のむこうに」澤田ふじ子　『木戸のむこうに』（幻冬舎文庫　二〇〇〇年四月）
「母子草」篠　綾子　書き下ろし
「こんち午の日」山本周五郎　『大炊介始末』（新潮文庫　二〇〇七年三月）
「鰯の子」和田はつ子　『おとぎ菓子　料理人季蔵捕物控』（小社刊　二〇一〇年六月）

編註

・本作品集は、原則として各底本に従い、ルビを整理しました。

・作品中には今日の人権意識からみて不適切と思われる表現が含まれているものもありますが、作品が書かれた時代背景、および著者（故人）が差別助長の意味で使用していないことなどの観点から、底本の表記のままとしました。

時代小説文庫
え4-1

江戸《えど》味《あじ》わい帖《ちょう》 料理人篇《りょうりにんへん》

編者 江戸料理研究会《えどりょうりけんきゅうかい》

2015年10月18日第一刷発行

発行者 角川春樹

発行所 株式会社 角川春樹事務所
〒102-0074 東京都千代田区九段南2-1-30 イタリア文化会館

電話 03(3263)5247[編集] 03(3263)5881[営業]

印刷・製本 中央精版印刷株式会社

フォーマット・デザイン&シンボルマーク 芦澤泰偉

ISBN978-4-7584-3951-0 C0193
http://www.kadokawaharuki.co.jp/[営業]
fanmail@kadokawaharuki.co.jp[編集] ご意見・ご感想をお寄せください。

時代小説アンソロジー

ふたり

時代小説夫婦情話

〈男と女が互いの手を取り、ふたりで歩むことで初めて成れるもの。それが夫婦〉(編者解説より)。夫婦がともに歩んで行く先には、幸福な運命もあれば、過酷な運命もある。そんな夫婦の、情愛と絆を描く、池波正太郎「夫婦の城」、宇江佐真理「恋文」、火坂雅志「関寺小町」、澤田ふじ子「凶妻の絵」、山本周五郎「雨あがる」の全五篇を収録した傑作時代小説アンソロジー。五人の作家が紡ぐ、五組の男と女のかたちをご堪能ください。

ハルキ文庫

時代小説アンソロジー

きずな

時代小説親子情話

〈親子というのは人間社会における、最小単位のコミュニティであろう。血の繋がりで、あるいは一緒に暮らしてきた歳月で作り上げてきた親子の間には、切っても切れぬ絆が生まれるものである〉(編者解説より)。宮部みゆき「鬼子母火」、池波正太郎「この父その子」、山本周五郎「糸車」、平岩弓枝「親なし子なし」の傑作短編に、文庫初収録となる高田郁「漆喰くい」を収録した時代小説アンソロジー。五人の作家が紡ぐ、親子の絆と情愛をご堪能ください。

ハルキ文庫

時代小説アンソロジー

名刀伝

刀は武器でありながら、芸術品とされる美しさを併せ持ち、霊気を帯びて邪を払い、帯びる武将の命をも守るという。武人はそれを「名刀」と尊んで佩刀とし、刀工は命を賭けて刀を作ってきた——。そうした名刀たちの来歴や人々との縁を、名だたる小説家たちが描いた傑作短編を集めました。浅田次郎「小鍛冶」、山本兼一「うわき国広」、東郷隆「にっかり」、津本陽「明治兜割り」に、文庫初収録となる好村兼一「朝右衛門の刀簞笥」、羽山信樹「抜国吉」、白石一郎「槍は日本号」を収録。

ハルキ文庫